BVT

Natalja Nikolajewa wohnt in St. Petersburg. Ihre Tochter Vera hat die Stadt, die 2003 ihren dreihundertsten Geburtstag feiert, 1994 verlassen und lebt in Berlin. Die Mutter schreibt ihr seitdem Briefe, regelmäßig und ausführlich: Sie berichtet von ihrem Leben, von Nachbarn, Freunden und entfernten Bekannten, Sorgen, Nöten und unverhofften Freuden. So entstehen eindrückliche Bilder von den chaotisch-absurden Momenten des russischen Alltags, die gleichzeitig getragen sind von einer poetischen Melancholie. Mit Illustrationen von Anja Tchepets.

Natalja Nikolajewa, geboren 1946 in Leningrad, hat eine Ausbildung als technische Zeichnerin, arbeitete früher als Buchhalterin in einem Krankenhaus. Gemeinsam mit ihrem Mann, einem Soziologieprofessor, lebt sie in einer Neubauwohnung in einem der nördlichen Bezirke von St. Petersburg.

Anja Tchepets, 1970 in Leningrad geboren, studierte an der dortigen Akademie der Künste, später Studium von Grafik- und Kommunikationsdesign in Montreal und Berlin. Sie erhielt für ihre Buchillustrationen zahlreiche Auszeichnungen, u. a. den Mart-Stam-Förderpreis, Berlin, und hat an diversen internationalen Ausstellungen teilgenommen. Anja Tchepets lebt in New York und Berlin.

Natalja Nikolajewa

Grüß den Kanzler schön von mir

Briefe und Geschichten aus St. Petersburg

Aus dem Russischen
von Friederike Meltendorf

Mit Illustrationen von Anja Tchepets

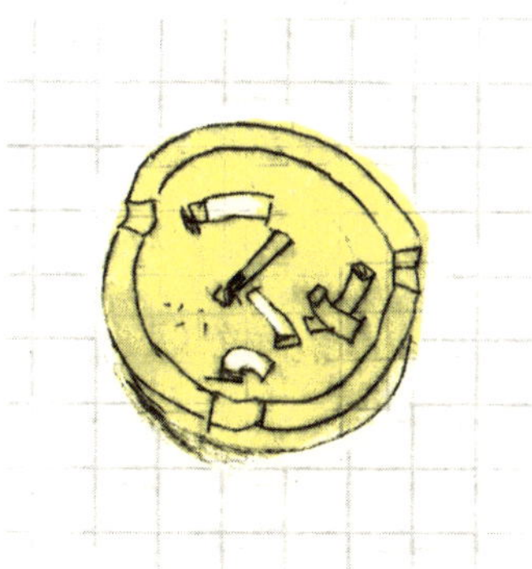

Berliner Taschenbuch Verlag

Originalausgabe
September 2003
BvT Berliner Taschenbuch Verlags GmbH, Berlin

Konzeption: Vera Klujewa, Friederike Meltendorf, Anja Tchepets
Gestaltung: Anja Tchepets
Umschlaggestaltung: Nina Rothfos und Patrick Gabler, Hamburg,
unter Verwendung einer Illustration von Anja Tchepets

Gesetzt aus der Palatino durch psb, Berlin
Druck und Bindung: Clausen & Bosse, Leck
Printed in Germany · ISBN 3-8333-0061-2

16.10.94. С-Пб

Здравствуй, Веруня!

Надеемся, что ты получила самое необходимое из вещей! т.к. твой список уже куда-то исчез. Как ты там живешь? Как настроение? пиши подробнее и красочнее! т.к. бабушка Тамара даже выписала из твоего письма выдержки самые интересные и зачитала Строшиным и Гуськовым. Как вы там с Мариной устроились? Мы, на всякий случай, по выходным ждем от тебе звонка, но теперь, видимо, ты позвонишь не скоро!

У нас тут в „Вестях" на той неделе показали Берлин-оказывается, вечером там не советуют поздно ездить в метро - толпы фашистов новых из молодежи (показали нескольких человек) нападают на пассажиров. Так что поздно не ходи и не езди! У нас тут совсем людей запугали: сейчас ищут маньяка-убийцу (убивает мальчиков 8-10 лет) в нашем Приморском р-не (был в Коломягах, потом на Богатырском). Одно акционерное об-во выделило 5 000 $ на его поимку. Говорят, что он переодевается то мужчиной, то женщиной!

А в нашем доме тоже прямо „Америка" началась: в 9-ой парадной в 6 вечера на женщину напали (выходила из лифта на свою площадку), в 13-ой (рядом с нашей) в ту субботу в 7 часов вечера тоже напали на женщину, а в эту пятницу в 12 ой парадной в 9-30 вечера напали на мужчину. Вообще, все лежат в больнице в плохом состоянии.

Randnotizen

Geschichte ist anstrengend, unter Umständen sogar lästig. Von Ferne gesehen erscheint sie majestätisch, eine scheinbar zwangsläufige Abfolge von Ereignissen, die notwendigerweise in die Zukunft führt. Aber wehe, du lebst in ihr, inmitten eines historischen Umbruchs. So wie Natalja Nikolajewa.

Die 57-Jährige ist gebürtige Petersburgerin. Sie steht im Treppenhaus, raucht und schaut, den Blick immer aufs Geschehen gerichtet. Ihre Augen beobachten in High-Tech-Qualität. Sie suchen. Scannen. Ordnen ein. Sie erkennen mehr, als ihre Gegenüber möchten. Und während sie so schaut, tanzen ihre Gedanken, die sie später aufschreibt, in langen Briefen an ihre Tochter in Deutschland.

Früher lebte Natalja Nikolajewa im Zentrum der Stadt, heute wohnt sie in einer Dreizimmerwohnung in einem Neubaubezirk von St. Petersburg, nördlich vom Zentrum.

In den siebziger Jahren stand das Hochhaus allein auf einer grünen Wiese. Mittlerweile ist hier ein Schlafgürtel gewachsen, der mit den ehemaligen Dörfern verschmilzt. Dies ist das Universum, aus dem Natalja Nikolajewa berichtet.

Die Bewohner ihres Hauses sind bizarre Figuren: Ihr Ehemann Pascha, ein echter Patriarch, die Freundinnen Obraszowa und Sorina, die jede Woche von neuen, merkwürdigen Erlebnissen zu berichten haben. Oder die Nachbarfamilie von Luda Makarowa: Drei Generationen leben da lärmend unter einem Neubaudach. Andere Personen streifen kurz ihr Universum, werden zufällig beobachtet und tauchen nie wieder auf. Nicht einmal die Adressatin der Briefe kennt sie.

Doch Natalja Nikolajewas Berichte sind mehr als Sammlungen skurriler Anekdoten. Sie dokumentieren die Zeit eines Umbruchs in Russland. Schon der Anlass für die Briefe manifestiert das Neue im russischen Leben. 1994

nutzt Nataljas Tochter Vera die neuen Freiheiten und zieht von St. Petersburg nach Berlin, um dort eine Ausbildung zu machen.

Aber nicht alle haben solche Chancen. Für viele ist der Umbruch beängstigend, eine Bedrohung, die sie mit ungeahnt schwierigen Arbeits- und Lebensbedingungen konfrontiert. Schon früher war Russland chaotisch, aber die Oberfläche schien einigermaßen stabil. Doch in den neunziger Jahren wurde das Chaos allgegenwärtig. Der Rubel war dafür ein Spiegel: Während vorher ein Brot über vier Jahrzehnte 14 Kopeken gekostet hat, stieg der Preis nun auf 4000 Rubel. Die galoppierende Inflation wurde erst 1997 gebremst. Das Zaubermittel hieß Devaluation: Bei den Preisen wurden schlicht drei Nullen gestrichen, das Brot kostete nun vier Rubel. Trotzdem kam es im Sommer 1998 am schwarzen Freitag noch einmal zu einem Einbruch, der viele Existenzen und Menschenleben vernichtete.

Niemand konnte sich in dieser Zeit sicher sein, ob das gewohnte Leben am nächsten Tag überhaupt noch existierte. Trotzdem machten die Menschen weiter. Und jetzt – pünktlich zum großen Geburtstag der Stadt – ist es so weit: Der Anfang des Umbruchs ist vorbei, die Zukunft hat endlich begonnen.

Das zeigt sich auch am Versiegen der Briefe. 1994 war Russland weit weg. Es gab drei knackende Telefonleitungen, die immer besetzt und beinahe unbezahlbar waren. Informationen wurden per Brief übermittelt, überbracht von Freunden oder Fremden, per Zug oder Flugzeug. Aber mittlerweile gibt es Call-by-Call auch Richtung Osten, und heute sagt Vera: Ich habe gestern lange mit meiner Mutter telefoniert.

Friederike Meltendorf

1994

16.10.1994

Guten Tag, Verunja!
Wir hoffen, dass du die nötigsten Dinge bekommen hast! Deine Liste ist nämlich irgendwohin verschwunden. Wie hast du dich in Berlin eingelebt? Wie geht es Euer Exzellenz dort? Wie ist die Stimmung? Schreib genauer und farbenreicher! Großmutter hat die interessantesten Auszüge aus deinem Brief abgeschrieben und den Petrows und Wolkows vorgelesen. Wir warten für alle Fälle an den Wochenenden auf Anrufe von dir, aber jetzt wird das wohl noch ein bisschen dauern!

Bei uns hier wurde diese Woche in den Nachrichten Berlin gezeigt. Abends, so hieß es, sollte man dort nicht spät mit der Metro fahren – Horden jugendlicher Neofaschisten (sie haben ein paar gezeigt) überfallen die Fahrgäste. Also, geh nicht so spät auf die Straße!

Bei uns hier sind die Leute total verängstigt: Gesucht wird ein Serienmörder, der in unserem Bezirk unterwegs ist (er ermordet 8 bis 10-jährige Jungen). Eine Aktiengesellschaft hat 5000 Dollar für seine Ergreifung ausgesetzt. Es heißt, dass er sich mal wie ein Mann und mal wie eine Frau anzieht. Aber auch in unserem Haus hat »Amerika« pur begonnen: Im Aufgang 5 wurde um 18 Uhr eine Frau überfallen (als sie in ihrem Stockwerk aus dem Fahrstuhl stieg), im Aufgang 13 (neben unserem) wurde am letzten Samstag um 19 Uhr auch eine Frau überfallen, und diesen Freitag wurde um 21.30 Uhr im Aufgang 12 ein Mann überfallen. Kurz, alle liegen ernsthaft verletzt im Krankenhaus. Und sie kriegen niemanden zu fassen. Also wird man wohl bald auch tagsüber nicht mehr auf die Straße gehen können. Bürgermeister Sobtschak hat im Radio empfohlen, nach 18 Uhr nicht mehr durch die Stadt zu gehen!

Bei der Nachbarin Oksana auf der Arbeit herrscht bei vielen Kollegen ebenfalls der Ausnahmezustand: Drei wurden ausgeraubt, und von einer vierten wurde der Sohn ermordet. Ja, und die Gawrilowna und Papa haben hier kürzlich Oksana und Oleg aus ihrer Wohnung befreien müssen (das Schloss klemmte und sie konnten nicht raus). Bei Nachbarin Tamara war auch ein Schloss kaputtgegangen, ihr ehemaliger Freund hat dann die Tür aufgebrochen. Jetzt hält ein Schloss noch gerade so. Aber sie und ihre Mutter haben keine Angst, trinken jeden Tag bis 3 oder 4 Uhr morgens, singen Lieder und schreien rum.

Bei der Obraszowa auf der Arbeit ist es auch nicht schlecht: Schon eine Woche gibt es kein Licht, und Heizung verspricht man ihnen auch nicht, weil das Institut dafür kein Geld hat. Nun sollen die Obraszowa und zwei Kolleginnen in andere Abteilungen gesteckt werden (denn ohne Licht sieht man morgens am Reißbrett nichts!).

Jetzt zu den guten Nachrichten! Großmutter und ich haben Freitag etwas sehr Schweres gemacht: Ich hatte mir von einer Bekannten eine Rollkarre geliehen, Großmutter mit viel Geld (76 000 Rubel) zu mir bestellt, und dann sind wir los in unseren Supermarkt, um Zucker zu holen. Wir haben 50 Kilo (einen Sack) für 1520 Rubel das Kilo gekauft (einzeln kostet das Kilo schon 1700). Eine ganze Stunde haben wir den Sack dann hinter uns hergezerrt, denn wir schafften es kaum, ihn von einem Gehweg auf den nächsten hinaufzuhieven. Nachbarin Tamara sah uns und begann sich an uns ranzumachen, um auch etwas vom Kuchen abzubekommen. Aber ich sagte, der Sack ist für vier, und sie ist die Fünfte! Zugegeben, der Zucker ist etwas feucht, aber was soll man machen! Den Sack haben wir natürlich in dein Zimmer gestellt, denn bei Papa ist kein Platz mehr – da stehen die Kloschüssel, ein Spülkasten und zwei Kartons mit Fernsehern. Und im Flur (und auch bei ihm im Zimmer) liegen große Stapel von kommunistischen Büchern. Wir wissen nicht, wohin damit!

Papa und Kolja haben an diesem Wochenende bei der Datscha Zaunpfähle aufgestellt. Jeden Samstag gehen sie vier Mal in die Banja (ich habe dir das, glaube ich, schon geschrieben), in zwei Tagen trinken sie eine Flasche Wodka. Jetzt weiß ich nicht, wann sie wieder fahren, womöglich Papa allein, denn er hat eine Fahrkarte bis zum zweiten November. Heute hat er zwei Kohlköpfe mitgebracht (einer ist sehr klein, und immer sind Würmer drin), eine Flasche Speiseöl (in der Stadt muss man ewig danach Schlange stehen) und deine geliebten Zucchini. Außerdem hat er noch 8 Kilo Zucker zu je 1250 Rubel gekauft (den hat er dort gelassen). In der Mausefalle hat er zehn Stück Mäusejunge gefangen, und auf dem Ofen fand er eine große rotbraune, schnurrbärtige Kakerlake! Er hat den Verdacht, dass Kolja sie uns untergeschoben hat, denn sie haben welche zu Hause. Allerdings ist sich Papa nicht sicher – ja, vielleicht ist sie von uns? Hier aus der

Paraschjutnaja Straße? Ich habe hier nämlich eine gefangen, eine behinderte, ganz verkrüppelt war sie!

Heute wurden bei uns im Fernsehen die Wahlen in Berlin gezeigt – alle trugen offene Jacken; offensichtlich ist es warm, hier dagegen sind –20 Grad. Morgen muss ich Papa dazu bringen, Winterschuhe für mich zu finden, bis heute bin ich in Stoff- und Gummistiefeln gelaufen! Es waren gerade noch +10 Grad. Ich möchte nicht wieder in den Winter! Wäre es doch wie in Paris, wo es keinen Schnee gibt!

Neulich haben sie im Radio Stellengesuche gesendet. Eine junge Frau hatte einen Banklehrgang absolviert und suchte nun Arbeit in einer Bank. Man bot ihr eine Stelle als Kassiererin in der Promstrojbank für 200 bis 250 000 Rubel an. Also, du siehst, was hier für lausige Stellen angeboten werden. Wozu braucht man da einen Schein, dass man einen Lehrgang absolviert hat! Also lag Ljuba Koslowa wohl richtig, als sie mich fragte: »Was für eine Ausbildung will Vera eigentlich bei der Bank machen? Wohl als Kassiererin?« Ich wäre damals beinahe umgefallen und habe ihr lange zu erklären versucht, dass einfache Kassenangestellte in den Banken überhaupt kein Diplom haben, aber das hat sie anscheinend nicht überzeugt! Also los, beende deine Ausbildung, und dann suchen wir dir hier alle über das Radio eine Stelle – und sei es an der Kasse bei Geldwechseloperationen. Aber bis dahin, bis 1997, gibt es vielleicht weder Banken noch Geld! Wie hat eure Bank eigentlich auf den Absturz des Rubels reagiert?

Unser Haus ist eine echte Außenstelle des Irrenhauses.

Gestern dröhnte aus dem Erdgeschoss den ganzen Abend Musik, bis 1.30 Uhr nachts. Dann war eine kleine Pause zum Durchatmen. Um 2.30 Uhr kam Pawel und hat seine Musik angestellt. Gut, dass er nach einer Stunde den Kassettenrekorder in die Küche getragen und dann dort weitergehört hat (genauso laut). In deinem Zimmer war es nicht zum Aushalten, bei mir etwas leiser. Papa ist wieder aufgewacht (er geht immer um 23 Uhr ins Bett) und hat bis 4 Uhr morgens nicht geschlafen. Und so geht es jeden Tag. Heute Abend hat Pawel in seiner Wohnung so herumgebrüllt, dass es das ganze Haus mitbekam. Und mit den Türen geschlagen, dann ging er weg. Jetzt ist es 4 Uhr nachts. Vor kurzem ist er wohl nach Hause gekommen, hat ein bisschen Musik gehört. Jetzt ist es ruhig. Davor war um 2 Uhr nachts plötzlich ein Brüllen durchs Haus gegangen: »Nadja, Nadja!« Das war Klawa, die gerade ihre Tochter maßregelte, zuerst im Hausflur, danach weiter in der Wohnung. Diese Anbrüllerei war entsetzlich. Ich wollte eigentlich schlafen gehen, war schon am Einschlafen, und wollte dann morgen den Brief an dich fertig schreiben, aber nach diesem Gebrüll war ich wieder hellwach und beschloss weiterzuschreiben. Vor einer Minute war wieder Krach – Timur Uglow ist schlecht gelaunt nach Hause gekommen, er schlägt die Türen, rotzt auf den Fußboden (und manchmal, von Zeit zu Zeit, pisst er auf den Treppenabsatz). Er hat jetzt ein neues Mädel, laut Lisa aus dem 2. Stock ist seine Großmutter sehr zufrieden damit, dass sie ihn dazu gebracht hat, seit zwei Jahren zum ersten Mal zu baden. Das Mädel musste mit ihm in die Wanne steigen, sonst wäre er weggerannt.

Die Nachbarin Tamara hat um 2 Uhr nachts Besuch bekommen (von ihrem ehemaligen Liebhaber und seiner neuen, vierten Frau), sie haben zwei Stunden zusammengesessen, getrunken – und sind wieder gegangen. Wie ich das alles aushalte, weiß ich nicht. All das Geschrei und der Krach – ein Teufelskreis, und kein Ausweg. Vielleicht verstehe ich ja irgendetwas nicht, vielleicht sind alle unsere Nachbarn ganz normale Menschen, und nur Papa und ich sind komisch? Deswegen jedenfalls will Papa auf die Datscha fahren und dort übernachten. Aber ich vertrage die Kälte nicht.

Rimas Mann aus dem 4. Stock ist gestern zu uns gekommen und wollte telefonieren, das Telefon bei ihnen ist kaputt. Er erzählte, dass sie eine Waschmaschine *Wjatka* gehabt hätten. Die stand wie bei uns im Flur. Der Schlauch ging von dort bis zur Toilette. So konnten sie dann waschen. Er hat uns auch diese Maschine empfohlen. Aber Papachen sitzt auf deinen Dollars, und zwar fest. Ich habe das Gefühl, dass wir keine Waschmaschine kaufen werden – und der Wäscheberg im Badezimmer wächst und wächst, und Papa kommt überhaupt nicht dazu, mit mir zu waschen, und dann noch hier das Problem mit dem Stöpsel. Schrecklich!

Papa und ich wollten kürzlich Fleisch kaufen (besser gesagt, Papa wollte auf einmal). Das Fleisch kostet schon

4000 Rubel, Hühnerkeulen 4900. Durch den Absturz des Rubels sind die Preise in die Höhe geschossen. Moskaus Bürgermeister Lushkow versucht die Händler zu überzeugen, die Preise wieder zu senken, aber unser Sobtschak schweigt.

An diesem Tag stürmte Papa nach dem Einkauf vollkommen wütend in die Wohnung und pfefferte mir die schweren Tüten hin. Ein Geschrei brach los, und er wurde sogar ein bisschen vulgär. Natürlich war ich an allem schuld: dass der Dollar gestiegen ist, und daran, dass ich die letzten beiden Tage nicht einkaufen war, und daran, dass ich nichts säckeweise gekauft habe. Woraufhin ich erwiderte, dass er mir nie Geld dalässt, und wenn, nur für etwas ganz Konkretes. Als Antwort fing er aufs Neue an zu brüllen (ich beschreibe das alles noch sehr diskret) und fuchtelte mir mit den Tüten vor der Nase herum – in denen war Folgendes: 1) 8 kg Zwiebeln; 2) 2 kg Butter (in der übrigens Papas Regenschirm lag – Großmutter musste ihn später auswaschen); 3) 1 kg russischer Käse (stell dir vor, kleine einzelne Stücke haben sie ihm eingepackt, zehn Stück, Papa hat den letzten genommen!); 4) 2 kg Tomaten; 5) ein Weißbrot! Tatsächlich hatten die Preise an diesem Tag bis mittags gehalten (auch die Obraszowa hat das bestätigt – die Arme kam an diesem Tag nicht mal in die Geschäfte rein, es herrschte dort der reinste Mord- und Totschlag). Nach der Mittagspause waren die Preise angestiegen (unser Papachen erschien dort erst nach der Arbeit). Und am nächsten Tag (nach den oben beschriebenen Ereignissen) stiegen sie noch einmal.

Das war, wie ich mich gerade erinnere, am Mittwoch, dem 12., denn an diesem Tag wollte ich zur Hausverwaltung. Papascha kam um halb acht (zwei Stunden hatte er sich in den Geschäften durch das Gedränge gequält), und dann hat er dermaßen gebrüllt: dass wir jetzt nicht mehr zu zweit durchkommen, dass das Institut geschlossen wird und er dann auf der Straße sitzt. Also, so außer sich habe ich ihn lange nicht mehr gesehen. Ich habe mich schweigend angezogen, bin zur Hausverwaltung gegangen, danach bin ich bei einer Bekannten vorbei und gegen 1 Uhr nachts nach Hause gekommen. Papascha hat sich natürlich keinerlei Sorgen um mich gemacht (obwohl er von den Überfällen weiß) und schlief schon. Morgens verließ er früh das Haus, und abends rief er von der Arbeit an und fragte mit salbungsvoller Stimme: »Soll ich irgendetwas einkaufen?« Ich hätte ihn fast zum Teufel gejagt. So also verlief bei uns dieser legendäre Tag!

Jetzt zu den Geschenken. Wir schicken dir Folgendes:

- Das »Schwein« für die Teekanne für Frau Kurze. (Man kann ihm noch etwas Dickeres unter den Rock nähen. Es ist sehr schön, finde ich zumindest, habe von dreien dieses hier ausgewählt, das Gesichtchen ist ganz hübsch, bei Großmutter auf dem Karelski Prospekt.) Schweineteuer – 6500 Rubel.
- Das Halstuch für die ältere Schwester von Frau Kurze. (Ich denke, es passt zu ihr. Überall gibt es nur Tücher mit Rosen, eines war merkwürdig: voll mit Tropfenornamenten und dann in den Ecken grelle Rosen, das passte überhaupt nicht. Aber das hier hat Stil – nur Margeriten. Vom Bogatyrski Prospekt.) Preis: 11 000 Rubel.
- Der Holzteller mit Eiern – hat mir gefallen. Es stimmt, zu Ostern wäre er passender, aber er ist sehr originell. Bei der Auswahl bin ich nach der Form und nach den Eiern gegangen, alle Teller waren unterschiedlich, ich habe nicht bemerkt, dass auf dem hier ein Ei größer ist. Entscheide selber für wen, vielleicht für Frau Kurze – sie ist doch Künstlerin. Der Teller ist vom Bogatyrski Prospekt, es gab ihn, warum auch immer, in der Abteilung für Büstenhalter. (Preis: 6500 Rubel)
- Eine Matrjoschka (so eine, wie Papa sie früher für 9 Rubel gekauft hat). Die ist hübsch, wird schon passen. Jetzt kostet ein Satz aus drei kleinen Püppchen (4 cm) 4000 Rubel. Entscheide selbst, für wen. (Und sonst bring sie wieder her – dann steht sie eben bei uns.)
- Kalender – einen habe ich behalten, zwei sind für dich.

Vielleicht braucht noch jemand einen. Die Ferkelchen sind ganz entzückend (hab ich für 1000 Rubel in der *Kinderwelt* auf der Schkolnaja Straße gekauft). Und noch zwei kleine Kalender mit Paul McCartney, einen für dich, einen für Anja. Sie soll dafür mal 100 Rubel rüberwachsen lassen (aus dem *Haus des Buchs*).

– Ein Kater, er liegt im blauen Säckchen – verschenk ihn auch so. Von der Größe her passt es. (Sonst gibt es keine solche Figürchen, die Sorina hat nur Schafe gesehen.) Der hier ist schön. Ich habe von sechs den dicksten ausgesucht, und er guckt nett. Allerdings ist hier die Turmspitze von der Peter-Paul-Festung sehr klein, aber noch erkennbar. Hinten ist ein kleines Loch, man kann ihn an die Wand hängen (gekauft im *Elegant* auf dem Bolschoj Prospekt). Preis: 1000 Rubel.

Die Geschenke haben wir alle an einem Tag gekauft. Im *Gostiny Dwor* haben wir nichts gekriegt – leere Verkaufstische, es gab nur Holzlöffel. Keine Warmhaltepuppen für Teekannen. Ja, es gab überhaupt nichts Gutes. Also weiß ich nicht, ob deine kleine Seele zufrieden sein wird. Und ja, was machen wir mit Bettinas Papa? *Boris Godunow* ist nicht in der Stadt, und eine Platte in die Tasche zu packen ist ohnehin riskant. Keine Ahnung, was du ihm schenken sollst!

So, das wär's. Wir küssen dich und warten auf Briefe von Euer Exzellenz. Deine Eltern

1995

15. 1. 1995

Guten Tag, Verunja,
das neue Jahr haben wir bei Großmutter eingeläutet (vielmehr: das alte verabschiedet). Wir saßen bis 23.15 Uhr zusammen (um 20.30 Uhr waren wir gekommen). Großmutter hatte eine Flasche italienischen Sekt gekauft (im Radio haben sie gesagt, das ist Wein mit Kohlensäure). Es gab Heringssalat, amerikanische Hühnerkeulen und Piroggen. Anstatt eines Rote-Bete-Salats habe ich Hering »im Pelz« gemacht. Großmutter hat uns zwei Stück finnische Schokolade geschenkt (die wird lose verkauft für 13 000 das Kilo) und wir ihr Geschirrspülmittel (hergestellt in Kooperation Paris, Wien, Minsk). Großvater hat wie immer nichts bekommen.

Eine Tanne hatten sie nicht. Als wir von der Metrostation Tschornaja Retschka zu ihnen gingen, fegte ein Mann gerade den Platz, alles war zu, niemand bot Tannen an. Aber als wir von unserer Metro nach Hause liefen, da standen an der Ecke zur Koroljow Straße vor dem Geschäft in dem roten Haus 10 bis 15 Tannen, wunderschön und ohne Besitzer. Das war gegen 12 Uhr nachts. Ich wollte eine Tanne mitnehmen, aber Papa sträubte sich wie immer. In diesem Moment waren in der Ferne betrunkene Stimmen zu hören (Jugendliche, die herumzogen), und wir sind schnell nach Hause gegangen. Als wir ins Haus traten, war es schon 00.02 Uhr, wie immer zu spät. Zu Hause haben wir nichts mehr gegessen, Papa hat ein klein bisschen ferngesehen und ist schlafen gegangen.

Die ersten beiden Tage im neuen Jahr rief uns niemand an. Am 3. Januar wunderten wir uns langsam, und dann wurde uns klar, dass etwas mit dem Telefon nicht stimmte. Am 4. rief ich dann in der Telefonzentrale an (raustelefonieren konnten wir nämlich). Sie versprachen, es zu prüfen, und um 17 Uhr war alles wieder in Ordnung. Später stellte sich heraus, dass alle Häuser hier betroffen waren, genauer gesagt, die von mehreren Haushalten genutzten Anschlüsse. Kurz, es ist nicht klar, wie es dazu kam. Entweder waren die Mitarbeiter der Telefonzentrale angeheitert (oder schon sehr heiter) nach Hause gegangen. Oder das war extra so gemacht, damit die Leute, die so ein Gemeinschaftstelefon haben (bei den Einzelleitungen war alles normal), nicht telefonieren können, um über das schlechte Leben und die hohen Preise zu schimpfen! Aber auch als das Telefon wieder funktionierte, rief kaum jemand an. Jetzt, wo du nicht mehr da bist, haben wir nur ganz wenig Anrufe.

Ach ja, ich habe vergessen zu schreiben, dass, als wir dann um 00.02 Uhr zu Hause waren, auf der Straße beinahe sofort Raketen und anderes Feuerwerk zu explodieren begann. Das ging bis 5 Uhr morgens. Später kam im Radio, dass es bei euch in Deutschland auch so war und dass es zu vielen Unglücksfällen wie Kopf- und Augenverletzungen kam. Und gestern brachten sie, dass es auch hier Verletzte gab. So hatte Papa Recht, als er meinte, dass man bis Mitternacht zu Hause sein muss!

Dir ein Hallo von der Obraszowa – sie ist jetzt »Meisterin der Frisierkunst«. Sie hat ihre Prüfung bestanden, allerdings nur mit Ach und Krach. Sie hätte am 26. zu ihrem Kurs drei Kunden mitbringen müssen, hatte aber nur ihre Kollegin Ira überreden können. Die Obraszowa kam am Vorabend zu uns und beschloss, es auch mit mir zu versuchen. Die Sache ist die, dass mir Lena Lipko die Haare sehr schlecht geschnitten hatte und die Obraszowa versprochen hatte, das auszugleichen – völlig undefinierbar, was dabei nun herausgekommen ist.

Wir sind zu ihrem Kurs gefahren. Wer nicht drei Kunden hatte, musste Prüfungsfragen beantworten. Ich ging in den Hof, um noch einen Kunden zu suchen (der Laden ist am Moskowski Prospekt), und habe gerade noch einen Mann gefunden, den ich gewaltsam mitgeschleift und in den Kurs gesetzt habe. Allerdings tadelten sie die Obraszowa, sie hätte ihm die Haare schlecht geschnitten. Also, ihren Schein hat sie jedenfalls bekommen. Jetzt macht sie auf der Arbeit Dauerwellen. Anna Iwanowna hat ihr dafür nichts gegeben, Latkins Frau hat ihr ein bisschen Geld zugesteckt. Die Obraszowa hat beim Friseur in der Sawuschkin Straße angerufen und sich erkundigt, welche Preise jetzt jeweils als Minimum anzusetzen sind. Tatsächlich sind sie nach Neujahr gestiegen. Schneiden 10 000 und Dauerwelle 40 000 Rubel. Aber das Schlimmste ist, dass ich um den Kopf irgendwie ganz schrecklich aussehe und nicht weiß, was ich tun soll. Ich muss das rauswachsen lassen und dann irgendetwas anderes machen.

Mit der Sorina habe ich in letzter Zeit wenig Kontakt, wir müssten uns mal treffen, aber sie hat immer viel um die Ohren. Sie hat sich einen neuen Fernsehtisch gekauft, für

Sergej neue Winterstiefel und allen möglichen anderen Unsinn – kurz, jeden Tag kauft sie etwas. Aber Papa und ich kommen, über das Alltägliche nicht hinaus. Wir haben für unsere Telefonate mit dir eine Rechnung über 32 000 Rubel bekommen und der neue Preis für die Grundgebühr ist 6000 Rubel (für einen Einzelanschluss 10 000 Rubel). Kurz, die Herren da oben machen sowieso, was sie wollen.

Obraszowas Schwester Nina hat nicht mal Kindergeld für Januar bekommen (21 500 Rubel – das ist nicht angehoben worden). Der Obraszowa selbst haben sie keinen Lohn ausgezahlt. Lohnerhöhungen gibt es nirgends, obwohl die Preise jede Woche steigen. Die Leute regen sich schon gar nicht mehr auf, alle schweigen. Und jetzt noch mit diesem Krieg in Tschetschenien wird die Wirtschaft wohl gar nicht mehr wirtschaftlich sein.

Siehst du, so ist die Lage bei uns! Wie sind deine Klausuren und dein Zeugnis? Schicke uns unbedingt Kopien von deinem Zeugnis! Und schreib bitte ausführlich.

Jetzt zu den Geschenken. Das Tuch für Anja war schon eine Woche später teurer, 16 000 Rubel. Und was hat Frau Elke zu dem Geschenk von mir gesagt? Hat es ihr gefallen? Ja, und wie fand deine alte Dame die bunten Holzlöffel? Siehst du, der Papa von Bettina hat wieder nichts geschenkt bekommen. Schlimm.

Nun gut, Großmutter drängt schon, ich mache hier Schluss. Wir warten auf Briefe und küssen die liebe Verunja!

13. 2. 1995

Liebe Verunja!
Viel Gutes gibt es nicht zu berichten.

Papa wollte am Samstag auf die Datscha fahren, aber ich habe ihn überredet, nicht zu fahren, weil er mir das Bein einreiben und mir Bäder machen sollte. Er war darüber sehr verärgert, denn das Wetter war sehr gut. Täglich Wetterwechsel von + zu –. Und glatt ist es. Nun will er nächsten Samstag fahren. Er geht jetzt nicht mehr in die Poliklinik zur Wärmebehandlung wegen seines Nackens, sonst würde es zu teuer. Das Gehalt wurde ihnen im Institut eine Woche zu spät ausgezahlt, und der Direktor hat gesagt, dass es in diesem Jahr Unregelmäßigkeiten bei der Gehaltsauszahlung an den Hochschulen geben wird. Im Institut kam ein Schreiben an, dass in diesem Jahr 200 Dozenten entlassen werden müssen!

Bei der Obraszowa auf Arbeit passiert auch nichts Gutes. Sie bekamen dort im 6. Planungsbüro einen Auftrag aus Tschetschenien für den Wiederaufbau und die Projektierung der Wohnhäuser im zerstörten Grosny. Ihnen wurde mitgeteilt, dass sie für diese Arbeit höchstwahrscheinlich kein Geld bekommen werden, und schon jetzt sind sie dort mit dem Lohn zwei Monate im Rückstand. Sie sitzt zu Hause bei Kohl und Kartoffeln. Nina will weiterhin nicht arbeiten, obwohl sie nur eine kleine staatliche Unterstützung von 21 500 Rubel erhält. Allerdings ist schon ein Dekret unterschrieben, dass die Mindestrente, die genauso hoch ist, auf 54 000 Rubel erhöht wird. Das müsste die

Unterstützung ja auch betreffen. Nina will mit ihrem Söhnchen Nikita nach Nowgorod zu ihrem Onkel fahren, aber der lädt sie nicht wirklich richtig zu sich ein, denn er ist in Rente gegangen und bekommt wenig Geld. Die Obraszowa ist empört, dass niemand die beiden im Sommer auf die Datscha einlädt, nicht mal für zwei Wochen. Das wird spannend, wer wohl Lust haben wird, zwei Menschen durchzufüttern? Ich weiß nicht, vielleicht meint sie ja auch uns? Aber wie denn, wir haben doch mittlerweile auch schon fast nichts mehr.

Papa und ich waren am Mittwoch bei seinem ehemaligen Kollegen Petja Worobjow eingeladen. Papa machte mir eine Szene, weil ich nicht rechtzeitig mit Anziehen fertig war. Daraufhin bin ich zu Hause geblieben. Er musste allein gehen. Und ich habe ihm mitgeteilt, dass ich überhaupt nirgendwohin mehr mit ihm zusammen zu Besuch gehen werde. Er blieb dort ungefähr vier Stunden. Es gab Olgas Spezialgericht: Gemüse mit Huhn und Pilzen im Tontopf + verschiedene Salate, gekochten Schinken und eine Biskuitrolle. Und sehr guten Wein. Sie haben einen Hund, den man in England nicht zu halten empfiehlt (einen Bullterrier), drei Monate alt. War wohl ein Fehler, ihn sich anzuschaffen. In der *Komsomolka* war ein Artikel (und auch im Radio wurden zwei Fälle gemeldet), dass sie Menschen auffressen, sogar ihre Herrchen. Anscheinend haben sie ihn für die Datscha angeschafft. Die Datscha ist laut Petja richtig schick, unsere kommt da nicht ran. Sie haben für dort neue Möbel gekauft, einen japanischen Fernseher, das neueste Modell. Olga verdient sehr gut

(1,5 Mio. Rubel) und Petja normal (650 000 Rubel). Für zwei reicht das. Wodka und Wein haben sie immer zu Hause. Alle Achtung! Wie du siehst, jeder so, wie er kann, was sehr schlecht ist. Auch wenn es früher diese Gleichmacherei gab, aber es ging allen ganz gut.

15. 2.

Ich weiß nicht mehr, ob ich dir von Obraszowas Freund Wjatscheslaw Michailowitsch geschrieben habe? Er hat die Küche um 4 m^2 vergrößert, denn 16 m^2 erschienen ihm zu klein. Dort hat er einen neuen japanischen Fernseher hingestellt (er hat schon fünf Stück dieser Art), drei Wandleuchter aufgehängt und auf den Fußboden einen Teppich gelegt, und zu dem alten Diwan hat er noch zusätzlich einen neuen angeschafft. Besonders, weil der Herd (dadurch, dass er in einer Nische steht) nicht zu sehen ist, erscheint das Ganze nun wie ein großes schönes Wohnzimmer. Der Obraszowa gefällt es!

Großmutter und ich sind zur Zentralbibliothek gefahren, den Rückweg schafften wir gerade so (die Trolleybusse auf dem Suworowski Prospekt fahren überhaupt nicht). Alexandra Alexandrowna aus der Bibliothek lässt dir viele Grüße ausrichten. Wir haben ihr dein Geschenk gegeben, dieses farbig verpackte Schächtelchen mit Schleife und zwei Röschen. Wir wissen selber nicht, was drin ist. Könnte Gebäck sein. Die Schachtel ist alt, hoffentlich hat sich Al. Alex. die Zähne damit nicht kaputtgemacht! Für Papa habe ich Sheldon mitgenommen. Ich werde ihn nicht lesen, denn laut Papa ist es ein sehr schwieriger Polit-Krimi. Großmutter hat sich einen ganzen Stapel Liebesromane rausgesucht, für Opa ein großes dickes Buch über Araktschejew, und ich habe, wie immer, nur Krimis abgekriegt. Ich gehe außerdem öfter in die Bezirksbibliothek hier auf dem Bogatyrski Prospekt, da schieben einem die zwei Tanten manchmal gute Bücher zu. Gerade lese ich einen politischen Krimi von dem deutschen Autor Simmel. Die Handlung spielt 1986 in Hamburg. Ich habe mir dort (auch auf dem Bogatyrski) noch ein Buch ausgeliehen. Das hat mir sehr gefallen – ein Buch über die russische Flotte und die Familie eines Konteradmirals. Aber sonst gibt es nichts Gutes auf dem Bogatyrski Prospekt. Ich muss mal Alex. Al. in der Zentralbibliothek fragen.

So weit die Neuigkeiten. Ich küsse dich. Ich hoffe, dass du bald schreibst und anrufst. Mama

14. 5. 1995

Liebe Verunja,
kürzlich konnte ich mich hier an euerm Kohl erfreuen – Bettina gefällt er irgendwie nicht, aber ich finde ihn attraktiv. Er hat im Kreml ein Interview gegeben, sehr interessant. Sie haben ihn übrigens weniger gezeigt als Clinton. Heute wurde in der Nachrichtensendung *Itogi* wieder einmal unsere russische Grobheit vorgeführt, bei der Eröffnung eines Denkmals. Als das Ehepaar Clinton ankam, war für sie vorne kein Platz mehr, so mussten sich die First Ladys aus den anderen Ländern in die zweite Reihe setzen – unsere »ersten Männer« aus der Regierung dachten nicht einmal daran, sich vielleicht selber umzusetzen. Und noch tausend Kleinigkeiten dieser Art.

Wie wurde in Deutschland der Tag der Kapitulation begangen? Bei uns hier in Leningrad war alles ruhig, nichts Aufregendes, aber im Fernsehen war zu sehen, dass es in Moskau überall auf den Straßen Konzerte gab. Übertragen wurde auch der Salut in Moskau um 22 Uhr – total dunkel ist es dort, und hier bei uns scheint noch hell die Sonne – einfach erstaunlich.

Großmutter hat kürzlich einen Orden bekommen, weiter nichts – es ist nicht einmal jemand auf die Idee gekommen, den alten Blockadeleuten wenigstens ein paar Pralinen zu schenken. Großmutter war zuerst ein bisschen gekränkt, dann hat sie drauf gespuckt.

Nun zum hiesigen Hausklatsch!

Neuigkeiten erfahre ich, wenn ich zum Rauchen ins

Treppenhaus gehe. Kürzlich bin ich abends rausgegangen, schaue nach unten, da steht ein Krankenwagen vor der Tür. Es stellte sich heraus, sie waren bei Tamaras Mamachen. Die hatten hier nebenan eine ganze Woche getrunken, die Mutter ging zehn Mal am Tag Wodka holen – sternhagelvoll, sie schwankte, konnte aber noch gehen. Ich dachte noch: Die fällt sicher bald um! Und tatsächlich – um 1 Uhr mittags segelte sie in der Toreinfahrt bei der Hausnummer 34 voll hin, die Wodkaflasche in ihrer Manteltasche blieb ganz, aber sie selbst hat sich den Oberschenkelhals gebrochen. Etwa zehn Leute schleppten sie weg. Dann kam der Rettungswagen – drei Stunden waren sie bei ihr, weil sie nicht herausbekommen konnten, was mit ihr war. Dann überlegten sie, wie sie sie auf die Trage kriegen könnten, und machten sich auf die Suche nach starken Männern. Zwei habe ich für sie gefunden. Zunächst Sonjas Sohn Maksim aus dem Erdgeschoss (es war mittlerweile schon 1 Uhr nachts). Später kam noch Oleg. Getöse im ganzen Treppenhaus, alle schrien durcheinander – die Ärztin, Tamara, die Mutter. Die Ärztin sagte, wenn nicht ein dritter Mann gefunden wird, dann könnten sie sie nicht ins Krankenhaus bringen. Ich fürchtete, dass hinter meiner Wand wieder ein einziges Geschrei sein würde, und rannte sofort zu dem Georgier in den 2. Stock. Kurz, sie brachten sie ins Metschnikow-Krankenhaus. Sie wurde operiert (der Bruch wurde genagelt), und gestern ist sie schon wieder nach Hause gekommen.

Lisa aus dem 2. Stock hat mir von Timur Uglow erzählt. Bei Uglow sind jeden Tag Besäufnisse und lautstarke

Streitereien. Der Junge arbeitet nicht, hat sich von seiner Frau getrennt und hat jeden Tag eine neue Freundin, aber sein Vater und seine Mutter Tina verlangen, dass er nach Israel kommt. Er will nicht, weil er dort arbeiten müsste. Wenn er betrunken ist, fängt er an, seine Mutter in Israel anzurufen, und dann kommen Telefonrechnungen von 500 000 Rubel. Die Großmutter ist in Panik.

Witjas Frau aus dem 4. Stock ist im April zu einem russlandweiten Kochwettbewerb nach Moskau gefahren. Ihre Gruppe bekam den ersten Preis, ich glaube, ich habe dir das geschrieben. Ich bin fast sicher, nun, dann eben noch einmal. Witja ist jedenfalls froh, weil sie jetzt eine Auszeichnung als Meisterköchin hat und damit überall arbeiten kann, denn in der Schule verdient sie nur 90 000 Rubel.

Auf der Treppe habe ich Klawa aus dem 5. Stock getroffen. Sie hat sehr über Oksanas Tochter Polina geschimpft, dass sie so oft zu ihnen gerannt kommt und ihre

Tochter Nadja stört, und dass Nadja zwar auch nicht allzu helle und brav ist, dass aber Polina ein derart hohles Mädel ist, dass man es kaum glauben kann. Ständig rennen die beiden in Discos. Oleg hat mir gegenüber auch schon geklagt, dass sie sich um Polina Sorgen machen. Zwei Langweiler hat sie als Heiratskandidaten schon abgewiesen, ihr gefallen nämlich eher Jungs aus dem Süden. In meiner Gegenwart hat sie sich mit ihrer Mama Oksana gezankt: Oksana möchte sie möglichst schnell verheiraten, Oleg aber will, dass sie einen Beruf lernt und sich eine Arbeit sucht. Sie bezahlen für Polina schon 140 000 Rubel im Monat. Sie verdient sich bei Oksana im Technikum ein bisschen was dazu – wischt die Böden, aber die Wassereimer muss Oksana tragen, weil Polina das vor den Studenten unangenehm ist. Also, rundherum ein einziger Zirkus.

Verunja, ich bitte dich sehr, wenn möglich, schicke mir doch so einen Sicherheitsrasierer, wie ihn Anja dir ge-

schenkt hat. Und obwohl Papa schimpfen wird, aber schick doch diese runden Kekse mit Schokolade und die Schokowaffeln (wie letztes Mal). Wenn sie nicht sehr teuer sind. Übrigens, dieses Cappuccino-Getränk (Kaffee, Kakao und Schokolade) kommt auch in der Fernsehserie *Santa Barbara* vor. Das war sehr, sehr lecker. Der lösliche Kaffee von dir geht leider schon zu Ende. Hier kostet so ein Glas 15 bis 18 000 Rubel. Schick einfach, was du denkst.

So, das wär's erst einmal. Falls ich irgendetwas im Brief wiederhole, achte nicht drauf, weil ich manchmal vergesse, was ich dir schon alles Interessantes geschrieben habe. Papa wird morgen schnell etwas schreiben. Und dann wird Großmutter den Brief wegbringen. Wir küssen dich, deine Eltern.

3. 12. 1995

Liebe Verunja,
wie ich dir am Telefon gesagt habe, wir leben hier ruhig vor uns hin. Papa schreibt seine Vorlesungen, später will er Material daraus in seinem Buch verwenden (ca. 100 Seiten). Bisher habe ich erst 25 Seiten abgetippt, den Rest mache ich später.

Wir haben uns diese Woche mit der Sorina getroffen. Sie kam mit ihrem Hund Buck zu uns, und alle zusammen sind wir dann spazieren gegangen. Ihr Hund ist an jeder Ecke stehen geblieben, hat sich an jeden rangeworfen, und Leute in Uniform hat er quasi angefallen. Aber auch die Sorina selbst hat sich sowohl an alle Hunde als auch an alle Herrchen rangeworfen: Wirklich, solchen Unsinn und solche Unflätigkeiten hat sie hervorgebracht, dass es Papa unangenehm war. Später bat sie uns, ihr einen Gebäckkringel zu kaufen (kostet schon 800 Rubel), sie und der

Hund aßen ihn direkt auf der Straße auf. Sorina war die ganze Zeit so affektiert und kokett und hat mir übel genommen, dass ich immer einfach weitergegangen bin, als ihr Hund sich an alle ranwarf, woraufhin ich ihr erklärte, dass ich nicht so laufen kann wie sie, weil meine Beine kaputt sind. Spazierengehen mit dem Hund ist sehr anstrengend. Die Sorina geht zu jedem Verkaufsstand, überall genauso bescheuerte Herrchen und Hunde, Massen von Militärs – überall Lärm und Gebell. Kurz, ein Irrenhaus.

Während wir so liefen, kam heraus, dass ihr Mann Sergej und sie Unannehmlichkeiten wegen seines Bruders haben. Sergej wollte seinen neuen Motor aus dem *Wolga* für 2,5 Mio. verkaufen. Der Bruder bot seine Dienste an und kam bei ihm auf Arbeit mit zwei Unternehmertypen vorbei. Die sagten, sie würden den Motor prüfen und danach Bescheid geben. Sie prüften und prüften. Sergej rief ständig bei seinem Bruderherz an und beschloss dann, die beiden Typen auf der Arbeit anzurufen. Sie sagten, dass sie den Motor gekauft und mit dem Bruder abgerechnet hätten. Sergej begann nun, von seinem Bruder das Geld zu fordern. Der schrie los, dass sie ihm nur 100 Dollar gegeben hätten und der Motor nicht mehr wert sei. Sergej redet jetzt nicht mehr mit ihm, und ihr Sohn Slawa bot an, die ganze Sache auf seine Art zu regeln … Die Sorina bekam Angst und versuchte, ihm das auszureden – sonst darf er wieder sitzen. Die ganze Geschichte zieht sich schon seit September. Wie diese Geschichte ausgeht, weiß ich nicht, aber im Prinzip sollte dem Bruder klar sein, dass sie ihn von nun an nicht mehr kennen werden. Da fällt einem doch gleich die Geschichte von Großmutters Fernseher ein, für den sie anstatt Geld einen Schal bekam. Geschieht der Sorina und Sergej ganz recht.

Luda Makarowas Tochter Sweta hat am 1. Dezember wieder geheiratet. Ihr Mann Wladimir hat Arbeit in einer privaten Baufirma gefunden, obwohl er keine polizeiliche Anmeldung hat, aber im März möchte er bei einer Firma anfangen, wo sie ihm einen Wohnheimplatz zur Verfügung stellen. Swetas kleine Tochter Nastja gibt allen Feuer, Großvater Leonid hat die Nase voll von ihr, Sweta flennt und Luda schreit oder hätschelt die Kleine oder küsst ihr die Händchen. Aber Nastja mag keine Zärtlichkeiten. Das Mädel ist rau. Ich gehe selten zu ihnen. Immer mault die Kleine herum, verbietet, den Fernseher einzuschalten und das Licht anzumachen und zu sprechen (obwohl man in ihrer Anwesenheit sowieso keinen Film ansehen kann, dank diesem Rumgenöle von ihr und Luda). Und dann flüstert sie Luda leise ins Ohr: »Tante Natascha soll jetzt gehen, wir wollten doch rausgehen.« Luda klagt, dass sie sich von Tag zu Tag schlechter benimmt und dass die jungen Leute doch lieber woanders wohnen sollten. Als Wladimir nicht gearbeitet hat, lag er den ganzen Tag auf dem Sofa. Luda kann nichts mit ihm anfangen, sie spricht fast nicht mit ihm (»ich wüsste nicht, worüber«), auch Leonid unterhält sich nicht mit ihm. Ihr Sohn Ljoscha stöhnt auch nur über seine kleine Nichte. Das Mädel ist zwar klug und flink, aber frech und sehr dickköpfig. Luda glaubt, dass die Kleine verhext worden ist, holt aus der Kirche Weihwasser und begießt sie ständig damit. Kurz, durch diese

Leute kriege ich Kopfdröhnen, abends muss ich den Film dann noch einmal anschauen. Ja, und kluge Gespräche kriegst du dort auch nicht zu hören. Alle Frauen versammelt, drei an der Zahl, und los geht's: … »Schiss (entschuldige, aber so ist das), Piss« usw. … Mir wird regelrecht anders, das Mädel wird bald fünf, und die setzen sie im Beisein anderer (nicht unbedingt, wenn ich da bin) im großen Zimmer aufs Töpfchen, wischen dem Kind den Po ab und waschen sich danach nicht einmal die Hände. Also, was sagst du dazu? Dir erscheinen solche Einzelheiten vielleicht unnötig, aber ich beschreibe dir diese Einzelheiten wie Szenen aus meinem Alltag – meine Gespräche mit Freundinnen, Hunden, Enkeln, Katzen und anderen –, da dreht man bald durch. Aber ich bin nicht schuld daran, dass die Leute mit den Jahren zu Idioten werden. Ich hoffe, dein Leben ist interessanter und der Alltag auch.

Morgen kommt Großmutter mit deinen Fotos zu uns (heute hat sie den Brief bekommen). Großvater hat den Brief gelesen und gesagt, es bringt nichts, Geld für eine Reise nach London auszugeben, lieber soll man sich gut ernähren. Großmutter hat ihn dafür beschimpft.

Jetzt zur Obraszowa: Es ging ihr bis jetzt so lala – mal gut, mal schlecht. Im November hat sie mir dann vorgeschlagen, mit ihr zur Metrostation Gorkowskaja zu fahren, wegen einer Arbeit. Das war, wie sich herausstellte, eine israelische Firma, die Schmuck aus Schaumgold herstellt, die zu zahlende Einlage war 70 Dollar. Wir haben das natürlich abgelehnt. Aber später ist die Obraszowa zu einer anderen Firma gegangen. Und dort hat sie sich entschieden, mitzumachen. Die Firma heißt *Ätna,* aber wie alle diese Firmen ist sie halb legal und arbeitet nach dem Pyramidenprinzip. Sie hängen Anzeigen auf der Straße aus und bestellen die Leute hin. Später überredet man diese Leute, einen Vertrag zu unterschreiben (über 50 000 Rubel), und die, die unterschreiben, sollen dann noch drei Leute mitbringen, die dann auch den Vertrag unterschreiben, und dann erlangt der Erste (von den Vieren) den Rang des Inspektors. Und so geht es weiter, wie eine Kette. Wer den Rang des Inspektors erlangt, hängt auch eine Anzeige auf der Straße aus und lädt Interessenten ein. Die Höhe des Lohns hängt davon ab, wie viele Personen durch dich den Vertrag unterschreiben, und das sind wenige. Die Obraszowa hat einen Vertrag mit Latkins Frau (übrigens, die kaufen sich jetzt einen Fernseher für 1,5 Mio. und eine neue Waschmaschine *Wjatka*) und mit noch zwei Kolleginnen gemacht. Jetzt hat die Obraszowa Papa überredet, dass er und ich den Vertrag auch unterschreiben, und hat uns ausgemalt, dass alles wunderbar laufen wird. Aber mich beunruhigt, dass auf die Anzeige hin Leute anrufen werden, und jedem werde ich erklären müssen, wie und was. Ins Büro der Firma kommen nur wenig Leute. Die Obraszowa sitzt drei Mal die Woche je zwei Stunden in diesem Büro, hat sich schon mit allen angefreundet und spielt dort eine zentrale Rolle (was die Erklärung des Firmenprogramms angeht), und viele wollen zu ihr, der neuen Inspektorin, wechseln!

Gleich am Anfang muss man Waren kaufen, die man dann verkauft. Dafür bekommt man Punkte. Die Obraszowa musste sich schnell Geld borgen. Schon jetzt hat sie im Verkauf dieser Waren eine enorme Aktivität entwickelt. Papa hat schon alles Erdenkliche gekauft, war aber dann mit der Qualität nicht zufrieden (obwohl, bisher hat sich noch niemand beschwert, er ist der Erste), auch Großmutter wurde nicht ausgelassen – sie war die erste Kundin. Auf alle bei der Obraszowa gekauften Waren kamen 2000 Rubel drauf (doch weil der Ausgangspreis der staatliche Grundpreis ist und in den Geschäften alles viel teurer verkauft wird, ist auch das billig). Die Waren sind sehr originell, wodurch die Obraszowa auch Papa gekriegt hat. Die Firma bezieht die Waren von einer Rüstungsfabrik, die auf die Produktion ziviler Güter umgestiegen ist. Alles wird in kleinen Mengen hergestellt, aber sehr originell (manchmal sind sogar ausländische Produkte dabei). Die Firma existiert seit Oktober (wie lange, wird man sehen).

Aber jetzt konkret zu den Waren, denn darüber weißt du ja bisher noch nichts. Das sind biomagnetische Bernsteinarmbänder (Großmutter hat eins), biomagnetische Einlagen und Socken gegen Fußpilz, medizinische Gesichtsmasken gegen Falten (die werden auch in kosmetischen Polikliniken verwendet), Wärmekissen mit einem Salz (kann man den ganzen Tag bei sich tragen), ein Schlaf-Detonator (legt man unter das Kopfkissen: gut in unserer Wohnung), schwarze japanische Zigarettenspitzen (zur allmählichen Entwöhnung von Papirossi), ein italienisches Haargel *Mon Plaisier* (schon vergriffen) und das Wichtigste: medizinische perforierte Brillen (viele im Büro nehmen die und die Zigarettenspitzen kistenweise – die Obraszowa wird sie morgen mitbringen, um sie zu zeigen, Papa möchte sie sich anschauen und die Gebrauchsanweisung lesen).

15.12.

Papa und ich haben heute auf dein Wohl angestoßen – jeder ein kleines Gläschen. Wir warteten, dass du anrufst – aber jetzt ist es schon halb zwölf und noch kein Anruf, obwohl die Leitung sogar die ganze Zeit frei war.

Das Wetter ist schrecklich – furchtbares Glatteis, schon seit über zehn Tagen, gestern hat es geschneit, aber wenig, besonders schlimm ist es, die Straßen zu überqueren, eine einzige Rutscherei, Papa wäre heute zwei Mal beinahe hingefallen. Vor Großmutter alle Achtung, sie läuft trotzdem den ganzen Tag durch die Straßen, heute ist sie zum Gemüselager gefahren und hat mit der Wolkowa Gemüse gekauft. Sie will sich am Sonntag auf den Weg machen und den Brief an dich vom Hauptpostamt losschicken.

Wir müssen ihr morgen auch unsere Briefe bringen und Sauerkraut abholen und schnell im Milchladen auf der Schkolnaja Straße vorbei, um Buchweizen zu kaufen. Zucker haben wir im Geschäft *Diät* auf der Sestrorezkaja Straße gekauft und gutes abgepacktes Mehl. Vielleicht fährt Papa auch allein, wenn es glatt ist. Er wollte morgen auf die Datscha, um Kürbis zu holen, aber zum Abend hin ist es kälter geworden, schon –14 Grad.

Die Obraszowa war hier, Papa gab ihr die 50 000 Rubel, und ich habe den Vertrag unterschrieben, aber weiß der Teufel, das ist alles sehr schwierig. Ich weiß nicht, was bei ihr herauskommt, aber ich habe auch entschieden, es zu versuchen. Wenn ich dann später irgendjemandem etwas mit Gewinn verkaufe, mache ich die Einlage von 50 000 Rubel wieder wett.

Aber da kommt die Frage: Schaffe ich es, so geschickt zu reden und zu überreden und Käufer zu finden – ich bin nicht sicher. Die Obraszowa hat mir versichert, dass ich jeden Menschen zu allem überreden kann. Ich musste ihr in Erinnerung rufen, dass eine Freundin mich beinahe zum Teufel gejagt hätte, als ich ihr ein Armband aufdrängen wollte (dabei hatte sie einen Tag vorher gesagt, sie wolle so ein Armband gegen Bluthochdruck kaufen). Und Oksana hat kürzlich geklagt, die Haare fallen ihr aus und sitzen nicht – und als ich ihr vorgeschlagen habe, es mit

Gel zu probieren, hat sie furchtbar losgeschrien, dass sie nicht zuließe, dass man ihr etwas auf den Kopf gießt – sie wurde hysterisch. Die Obraszowa hat mir geraten, diese dummen Ziegen zu vergessen. Aber stell dir vor, Verunja, Leute klagen vor mir über etwas und bekommen dann hysterische Anfälle.

Oksana verzog also erst die Fresse, dann bestellte sie doch das Gel, am nächsten Tag bestellte sie es wieder ab, weil eine andere Bekannte ihr davon abgeraten hatte – so musste ich es kaufen. Genau, wo ich gerade daran denke, ich habe vergessen, Bettina zu fragen, welches Fixiergel sie benutzt. Ihre Haare sitzen nach dem Duschen sehr gut – sie sind dann wirklich ganz voll und dicht. Frage sie bitte, und wenn möglich, kaufe es (preiswertes, für fettiges Haar – mir ist hier irgendein italienisches *Klassik* für alle Haartypen untergekommen).

Was die perforierte Brille als solche betrifft, habe ich erfahren, dass sie gut bei Überanstrengung der Augen und bei der Arbeit am Computer ist. Also überlegen auch wir, eine zu kaufen, besonders, weil ich 50 Punkte sammeln muss. Ich möchte Papa auch um eine japanische medizinische Zigarettenspitze bitten (ich muss mir langsam das Rauchen abgewöhnen), besonders, weil sie auch gut vor Nikotin schützt, der Husten verschwindet. Also, das alles bräuchte man, aber das Geld fehlt. Außerdem hat die Obraszowa einen Schlafstimulator – den bräuchte ich unbedingt, wenn meine Mädels da hinter der Wand regelmäßig ihre Szenen machen. Nachbarin Tamara hat heute einen alten Pelzmantel aus Fohlenfell von einer Freundin angeschleppt, für 45 000 Rubel, sie schneidet ihn ab und macht sich eine Pelzjacke daraus. Sie verkauft abends geröstete Sonnenblumenkerne und Zitronen. Alle Achtung. Sie steht ganze Abende auf der Straße, und das ist für sie kein Problem. Dann trinkt sie; morgens fährt sie zum Gemüselager, kauft dort Kohlrüben und Mohrrüben (wenn es keine Sonnenblumenkerne gibt), und abends geht sie sie auf der Koroljow Straße verkaufen.

Oksana von oben macht nur noch Einkäufe für Neujahr. Sie hat sich eine schwarze Pelzjacke bei einer Straßenhändlerin gekauft, für 300 000 Rubel, und eine kleine automatische Waschmaschine. (Die wiegt 8 Kilo, sie hat sie im Flur hingestellt, und wenn sie wäscht, trägt sie sie ins

Badezimmer, praktisch – nur, wenn es eine elektrische ist, wie sie sie dann wohl anschließt, das ist mir nicht klar, muss ich später klären.) Bei Polina ist oft der Bräutigam zu Besuch, heute ging ich zum Telefonieren zu ihnen. Bei denen ist so eine freundschaftliche Atmosphäre – alle sitzen in dem kleinen Zimmer auf dem Sofa, der Bräutigam und Polina Arm in Arm, Oleg liegt gegenüber auf dem Bett, und alle schauen die Serie *Manuelle* – geradezu beneidenswert. Und bei uns, kein neuer Fernseher, keine Sofas, keine Teppiche, kein Schwiegersohn in spe, nichts! Eine schwermütige Sehnsucht ergreift einen. Ganz schön langweilig!

Nun, es scheint, das sind alle Neuigkeiten. Ich wollte noch viel schreiben, aber Papa drängt, ja und der Briefumschlag ist schlecht – da geht nichts rein.

Wir gratulieren dir nochmals zum Geburtstag – Gesundheit und Frohsinn! Wir küssen dich, deine Eltern. Wenn möglich, ruf doch öfter an!

1996

2.1.1996

Verunja, hallo!
Wir haben von dir den großen Brief und einen Teil der Geschenke erhalten. Sehr schade, dass der Rest nicht hineingepasst hat, aber wir hoffen, dass du vielleicht noch irgendetwas Leckeres von Marina überbringen lässt. Papa machte sich dann daran, alles durch zwei zu teilen – gerecht! Wir haben das so verstanden, dass die Geschenke großenteils von Kunden sind. Wenigstens in dieser Hinsicht bringt deine Arbeit in der Bank etwas. Das Geschenk für Papa ist sehr schön, aber ach! – die Kragenknöpfe gehen nicht zu, offensichtlich ist es Größe 39. Also, das Hemd kann ja ruhig hier hängen, es passt wahrscheinlich am ehesten dir. Erstaunlich, dass die zwei Hemden, die du davor geschickt hast (besonders das grün gestreifte, es ist Papas Lieblingshemd), gut gepasst haben. Vielen Dank auch für den Deostift, er ist sehr angenehm zu benutzen, er kühlt nicht so. Und der Tee kommt gerade recht – wir hatten noch einen Teelöffel zum Aufbrühen.

Die Sache ist die, dass Papa am 21. Dezember keinen Vorschuss für Januar bekommen hat, jetzt soll das Gehalt am 5. Januar vollständig ausgezahlt werden, aber wer weiß. In der Universität und im Institut haben sie verspätet und auch dann nur 60 Prozent der Vorauszahlung bekommen. Im Fernsehen wurde gezeigt, dass ein Dozent in Hungerstreik getreten ist, und die anderen versammelten sich als Zeichen des Protests in der Eingangshalle. Deswegen sitzen wir ohne Geld da.

Papa ist am 1. Januar allein zum Essen zu Großmutter gefahren (ich habe seit dem 31. Dezember eine starke Erkältung, allerdings ohne Fieber, und sitze zu Hause). Er bekam von ihr als Geschenk einen Schal (sogar der Preis ist noch dran, 7 Rubel 50 Kopeken – Großmutter hatte ihn vor vielen Jahren als Geschenk für Papa gekauft und beschlossen, ihn jetzt zu schenken), und Großvater hat mir 50 000 Rubel geschenkt, allerdings hat Papa sich die gleich selber eingesteckt! Großmutter hatte Piroggen mit Kraut gebacken, Sülze gemacht und amerikanische Hühnerkeulen gebraten, Papa hat mir sogar ein bisschen was mitgebracht. Sie haben ihm eine Milchkanne mit Sauerkraut und ein Stück Hering »im Pelz« mitgegeben. Papa saß dort ein Weilchen, unterhielt sich mit Großvater, Großmutter las deinen Brief. Dann rannte er mit schweren Taschen zum Bus und hat es gerade so geschafft.

Bei uns gab es am 27. Dezember Unannehmlichkeiten. Ich kam um 6 Uhr abends nach Hause (ich war in der Bibliothek gewesen), plötzlich kracht es und das Licht im ganzen Haus geht aus. Gut, dass ich es nicht mehr geschafft hatte, in den Fahrstuhl zu steigen, ich bin mit Streichhölzern die Treppe hoch. Wir suchten nach Kerzen, fanden zunächst keine, da mussten wir Bettinas Kerze benutzen, später fand Papa welche. Dann begannen wir eilig, den Kühlschrank abzutauen. Nun, wie während der Blockade – draußen –17 Grad, in den Zimmern +14 Grad, Dunkelheit, Kälte in der Wohnung – das ist gar kein Ausdruck! Kurz, das Licht funktionierte erst wieder um 6 Uhr morgens, zwölf Stunden ohne Strom, so etwas kommt bei euch in Berlin nicht vor. Und morgens gab es kein Wasser – leere Wasserhähne. Erst um 9 Uhr wurde es wieder angestellt – gut, dass Papa später losgegangen ist. Wassja wäre in der Dunkelheit fast totgetreten worden, ich gab ihm den Tipp, ein roter Kater zu werden.

In die zentrale Stadtbibliothek bin ich noch nicht gefahren – man muss jetzt einen anderen Weg nehmen, über den Wosstanija Platz, weil man am Newski Prospekt in die Metro nicht rein- und nicht rauskommt.

Al. Alex. aus der Bibliothek hat eine Brille bestellt. Sie wollen Geld dafür zusammenlegen und dann allen in der Bibliothek die Augen behandeln. Die Obraszowa hatte einen Traum (ich weiß nicht mehr, ob ich dir das schon geschrieben habe), dass sie einen Handel mit diesen Brillen mit Deutschland organisiert hat und dass sie dir ganze Kisten voll schickt und du sie verkaufst. Zu den Bonuspunkten: Obraszowas und meine Punkte für Dezember sind verfallen, weil nichts im Lager war. Zur Krönung sagten sie der Obraszowa, dass sie für ihren Tisch im Büro einen Haufen Geld zahlen muss (obwohl sie ihn gar nicht in Anspruch genommen hatte): 13 000 Rubel für Dezember und 25 000 Rubel für Januar, bis zum 10. Januar! Sie ist darüber ganz verzweifelt, denn sie hat dort überhaupt kein weiteres Geld bekommen (außer 46 000 Rubel für die ersten zwei Wochen). Sie soll Prozente von der verkauften Ware kriegen, aber es gibt keine Ware. Eine Firma ist das! Im Dezember konnte die Obraszowa noch halbtags im Planungsbüro arbeiten, aber seit Neujahr sind sie unbezahlt freigestellt, es gibt keine Aufträge. Also, der Obraszowa gefällt der ganze Pfusch nicht mehr. Reinste Halsabschneiderei!

Am 29. klingelte es an der Tür, so um 5 Uhr abends: die Sorina mit Hund. Sie brachte die 800 Rubel Schulden für den Gebäckkringel. Sie wollte hereinkommen, aber Wassja war gerade bei mir, und sie nahm mir übel, dass ich den Kater nicht hinauswerfen wollte. Ich schlug ihr vor, das nächste Mal ohne den Hund zu kommen, einfach nur zum Spazierengehen, sie sagte, dass das nichts wird, weil sie jeden Tag 4 bis 5 Stunden mit dem Hund spazieren geht. Dann sagte sie, dass heute ihr Sohn Geburtstag hat, und ging zum Fahrstuhl, ich rufe ihr nach: »Warte, ich komme eben für fünf Minuten raus ins Treppenhaus«, von ihr keine Reaktion und ab in den Fahrstuhl. Sie sagte kein Wort mehr und hat sich auch zu Neujahr nicht gemeldet. Und bis jetzt nicht angerufen. Ich weiß nicht, vielleicht ist doch irgendetwas mit meinem Kopf nicht in Ordnung, aber Papa hat gesagt, dass Sorina die Komische ist. Nun, was soll man machen?

Die Obraszowa hätte auch nicht am 1. angerufen, wenn ich nicht von mir aus angerufen hätte, und das habe ich auch nur gemacht, weil ich es vom Treppenhaus nicht zum Telefon geschafft hatte, als jemand lange klingeln ließ – ich dachte, es wäre die Obraszowa gewesen, aber das war ein Irrtum. Hätte ich das gewusst, hätte ich nicht angerufen.

Die Obraszowa hat zu Neujahr W. M. bei sich empfangen und ein französisches Huhn, eine Torte und Salate gemacht. Er war nicht lange da, aber sie hatte sich sorgfältig vorbereitet. Und Papa und ich – wie bei armen Leuten – tranken auf das alte Jahr ein Gläschen Honigwein und um 12 Uhr noch ein Gläschen. Schrecklich! Bei der Obraszowa auf Arbeit haben sie jedem Mitarbeiter eine verstaubte Flasche Sekt, zwei Gläser Aprikosenkompott und eine Packung Gebäck ausgegeben. W. M. hat ihr noch eine Flasche Likör mitgebracht und etwas geschenkt (vor ihrer Schwester Nina sagte sie am Telefon nicht, was!).

Heute beschloss ich, deine Tante Rita anzurufen, um ihr zum Feiertag zu gratulieren. Ich fragte sie, was sie zu essen gemacht hat. Kotelett im alten Jahr, und im neuen gab es Weißbrot mit Kaviar (sie haben ihn lose gekauft), eine Geleetorte und Putenfilet. Sie hat sich sehr gewundert, dass es bei uns keinen Sekt gab. »Pascha hätte dafür etwas ausgeben müssen – immerhin ist Neujahr.« Ich erklärte ihr, dass Papa kein Geld bekommen hat, ja und außerdem haben wir die Brillen bestellt. Dann hat sie noch gesagt, dass nur Dummköpfe die ganze Nacht zu Hause sitzen – zu ihnen kamen um 9 Uhr abends erst die Jungs, die gingen später weg, um Mitternacht haben sie zu zweit mit Sekt angestoßen, sind dann zu den Nachbarn gegangen, danach die Nachbarn zu ihnen, dann zu Petja, dann zu Pawel. Gegen 5 Uhr waren sie wieder zu Hause. Und am 1. waren sie wieder eingeladen. Bei denen ist es fröhlich, aber ich wüsste gar nicht, wohin. Ja, wenn man Sekt und Essen übrig hätte und bei jemandem vorbeigucken könnte, dann wäre das etwas anderes – aber nichts ist da!

Großmutter amüsiert sich die ganze Zeit bei den Wolkows, bei denen ist jeden Tag Wodka auf dem Tisch, denn sie trinken wie junge Mädchen. Zu allem ist Olja auch noch der Hund entlaufen, ganz zu schweigen von ihrem Mann (er hat wohl eine Liebhaberin, sagt Großmutter), er wohnt offensichtlich schon bei der – denn sie essen und trinken tagelang ohne ihn, zusammen mit Freunden und Bekannten.

Bei uns gab es zwei Diebstähle – eingebrochen wird freitags, tagsüber. Im Aufgang 12 neben dem Torbogen im 8. Stock haben sie bei einer armen Frau 60 000 Rubel weggetragen (geborgtes Geld, das sie für die Miete bereitgelegt hatte) und in der darauf folgenden Woche im Aufgang 15 (neben uns), ebenfalls im 8. Stock. Wobei sie die inneren Wohnungstüren vollständig herausbrechen. Obwohl die letzte Wohnung sogar eine Alarmanlage hatte. Die alte Frau war nur 25 Minuten Brot holen! Wie kann man da überhaupt noch tagsüber rausgehen? Direkt unheimlich. Papa möchte eine Eisentür einbauen lassen, aber auch die kriegen sie auf. Im Sommer wird man auf die Datscha verzichten müssen. Und hier bei uns ist Oksana völlig fertig. Sie war um 12 Uhr auf dem Weg zur Arbeit und ging durch den Udelny Park, da kam ein Kerl mit einem Messer auf sie zu und hielt ihr das Ding in die Seite. Sie schrie natürlich laut vor Angst, aber es waren wenig Leute da, nur Alte und Kinder. Sie gab ihm ihr Geld, 10 000 Rubel, und bat ihn dann, das Portemonnaie zurückzugeben. Gut, dass er ihr das Lederne nicht abgenommen hat. Am nächsten Tag an der Metrostation Udelnaja ging wohl wieder dieser Mann auf eine Frau zu und hielt ihr das Messer an die Kehle. Wieder um 12 Uhr. Dort wärmten sich gerade

Männer an einem Feuer – alle Achtung, sie rannten los, packten ihn und schlugen auf ihn ein und holten die Miliz.

Also, das sind die Neuigkeiten hier bei uns. Papa war heute auf der Datscha und hat zwei Kürbisse, eine große Zucchini, Kartoffeln und Mohrrüben mitgebracht, es waren dort –18 Grad. Er ging wieder zur Quelle, spazierte bis zur Brücke. Das ist so weit alles. Lass dir noch mal zum neuen Jahr alles Gute wünschen. Hab gelungene Tage. Wir küssen dich.

31. 5. 1996

Sei gegrüßt, Verunja!

Wir haben deinen Brief überbracht bekommen, aber der Tag war schrecklich, 8 Grad, starker Wind und der Regen wie eine Wand, Großmutter und ich haben am Bahnhof den Zug kaum gesehen, ja und außerdem war da fast kein Zug: vier Waggons und ein Speisewagen. Möglicherweise wird das jetzt immer so sein, wahrscheinlich ist es mit dem Flugzeug billiger! Die Leute strömten aus den Waggons, überfluteten den ganzen Bahnsteig, Mengen an Zeug, 20 Minuten standen wir dort und stürzten uns auf alle Männer in grauen Jacken. Dann waren anscheinend alle ausgestiegen, nur dein Bote nicht. Da fragten wir die Zugbegleiterin, ob noch viele Leute im Waggon seien? Sie sagte, es seien noch nicht alle ausgestiegen. Endlich erschien nach ungefähr zehn Minuten ein junger, hinkender Armenier, zu dem Großmutter gleich hinstürzte, obwohl er noch nicht einmal auf den Bahnsteig getreten war (sie hatte ihn zuerst gesehen), er hatte eine Tüte in der linken Hand, und mit der rechten stützte er sich auf ein junges Mädel, das ihm beim Aussteigen half, denn die Stufen waren zwar ausgeklappt, reichten aber nicht bis zum Bahnsteig. Kurz, er hatte es noch nicht geschafft, den Fuß auf die zweite Stufe zu setzen, als Großmutter auf ihn zuschießt und schreit: »Das ist unsere! Unsere Tüte!« Ohne hinzugucken, gab er sie ihr. Das Mädel schaffte es dann mit großer Mühe mit ihm auf den Bahnsteig, und sie gingen untergehakt (ohne Gepäck) zum Bahnhofsgebäude.

Wir wunderten uns noch, dass sie nicht einmal Taschen hatten. Sehr merkwürdig! Denn da waren viele junge Männer um die 30, und alle hatten riesige Taschen! Vielleicht aus Polen! Kurz, er hat alles übergeben! Danach schlug ich vor, für alle Fälle den ersten Vorortzug aus Siwerskaja abzupassen, es konnte ja sein, dass Papa wegen des Regens früher von der Datscha zurückkam (obwohl ich nicht mal ungefähr wusste, wann). Ich habe Großmutter überredet, und wir gingen von dem deutschen Zug weg, um zwei Bahnsteige weiter auf den russischen zu warten. Nach ungefähr zehn Minuten kam ein Zug aus Siwerskaja, wir standen am ersten Waggon. Plötzlich stürzt Großmutter los, schreit »Pascha« – Papa war schon fast vorbei, ich hatte ihn überhaupt nicht gesehen. Er war sehr erstaunt, uns zu sehen, wir mussten ihm lang und breit erklären, warum wir da waren, denn wegen des Sauwetters waren nicht einmal die Worte zu verstehen.

Letzten Samstag, am 25. Mai, bin ich nach Awtowo gefahren, zu einem Treffen von unserer Gruppe aus dem Technikum. Die Mädels mussten die Obraszowa eine Woche lang überreden – sie wollte einfach nicht. »Ich will diese Fressen überhaupt nicht sehen. Alle widerlich!« Aber selbst wenn – wir haben doch immerhin vor dreißig Jahren das Technikum gemeinsam absolviert, und außerdem sind sie mittlerweile fast alle krank. Zehn Mädels waren da, keine von ihnen ist bisher Großmutter. Drei sind verheiratet, zwei nicht, die restlichen geschieden. Aber alle waren wieder zu erkennen, zugegeben, da am Tisch, auf der Straße wahrscheinlich kaum. Wir kamen um halb drei dort an und blieben bis 22.30 Uhr. Die Obraszowa ist, verglichen mit den anderen, vom Gesicht her am jüngsten. Wir haben nett zusammengesessen, die Mädels begannen der Reihe nach von sich zu erzählen. Die eine mehr, die andere weniger (die Obraszowa und ich nicht viel, sie redete sogar länger als ich). Im eigentlichen Beruf arbeiten nur drei Frauen. Vier sind schon in Rente (Frührente).

Wika Wassiljewa (Behinderung Gruppe 1) hatte drei Operationen und fünf Chemotherapien, ein Leberfleck hatte sich zu einem Tumor entwickelt, sie trug sogar ein Jahr lang eine Perücke, hatte fast eine Glatze, aber jetzt sind ihre Haare wieder so toll wie früher. Ihr Mann hatte ihr auf die Brust geschlagen, und dann hatte sich Flüssigkeit angesammelt. Diesem schönen tollen Ehemann ist die Obraszowa ganz schön nachgerannt, früher, so vor 15 bis 20 Jahren. Hat ihm schöne Augen gemacht usw. Er trinkt jetzt, hat andere Frauen, wohnt aber noch in der gemeinsamen Wohnung.

Valerija Zarjowa war 1987 ein paar Mal in Tschernobyl, bekam dafür eine Wohnung und eine Rente (sie arbeitet aber noch), hatte drei Operationen (was für welche, sagt sie nicht), neun Krankheiten und fährt jedes Jahr zur Kur ins Sanatorium *Weiße Nächte* nach Sestrorezk. Ihr Sohn (er ist 25, alten Gerüchten zufolge ein sehr merkwürdiger Junge) und zwei Freunde sind vor zwei Jahren mit einer Touristengruppe nach Frankreich gefahren und dort geblieben. Manchmal hat er schlechte Laune, heult am Telefon und bittet Mama Zarjowa, zu kommen; die borgt sich dann Geld und fliegt nach Paris. Er lebt in einer kleinen

Stadt am Mittelmeer. Der Zarjowa hat es dort sehr gefallen, aber sie hatte vergessen, die Fotos mitzubringen. Sie hat, wie schon damals, einen merkwürdigen Charakter, das ist noch schlimmer geworden; sie war sehr unhöflich zu uns (zu der Obraszowa und mir), verarscht hat sie uns!

Nach dem Kapitalisten Brynzalow hast du gefragt, tatsächlich ein widerlicher Typ, besonders, wenn er spricht. Er hat eine schreckliche, bäuerliche Sprache, mit plumpen Wendungen – man versteht nichts. Es gab im Fernsehen eine Sendung über ihn. Fünf Datschen hat er, eine schöner als die andere – in der einen ein Pool, in der nächsten eine Banja, seine Frau ist sehr jung. Man kann sich nur wundern – im Grunde so ein Klotz als Mann, aber beherrscht die gesamte Pharmaindustrie – seinen Worten zufolge stammt jedes dritte Medikament aus seiner Firma. Kurz, sie kommen wie die Kakerlaken aus den Ritzen gekrochen, ganz unbemerkt werden es immer mehr. Mischka Gorbatschow haben sie schon das Maul gestopft.

Shirinowski ist ernsthafter geworden und Lebed auch – sie schreien schon weniger rum und rudern nicht mehr so mit den Armen. Sjuganow hat abgenommen. Nur Jelzin sammelt physisch Kräfte – jeden Tag spielt er mit einem befreundeten Filmstar Tennis. Natürlich bleibt Jelzin im Amt, die anderen sind völlig unansehnlich!

Hier in Petersburg läuft jetzt der Kampf um das Amt des Bürgermeisters. Sobtschak besudelt Jakowlew (seinen ehemaligen Helfer) in allen Medien. Gestern hat sogar der sympathische Mischa Bojarski im Radio dazu aufgerufen, Sobtschak zu wählen (sie wohnen doch im selben Haus an der Fontanka), und im Fernsehen singen sie Loblieder auf die Klugheit Sobtschaks. Jakowlew hingegen sei ein ehemaliger Bauleiter und werde deswegen Russland nicht voranbringen, genauer gesagt, Sankt Petersburg. Offensichtlich vergessen sie, dass auch Jelzin als Bauleiter begonnen hat – die sind alle total durchgeknallt! Papa hat im ersten Wahlgang Jakowlew gewählt, im zweiten will er nicht wählen, er sagt, alles eine Bande! Jeden Tag erlässt Sobtschak hektisch ein Dekret nach dem anderen, alles schnell, schnell: hier führt er alte Buslinien wieder ein, dort neue, Rentner können jetzt von Mai bis Oktober kostenlos mit den Vorortzügen fahren, alles so seltsame Dinge. Kurz, er hat mächtig Angst, aber er bleibt sowieso im Amt, wahrscheinlich.

Jetzt habe ich dir schon so viel geschrieben, dass die Farbe in meinem Lieblingsfilzstift, den mir Bettina geschenkt hat, alle ist. Dieser schreibt schlechter, die Schrift ist nicht dieselbe. Papa schafft es nicht, dir zu schreiben, nicht mal ein paar Worte – lässt ein Hallo ausrichten. Er hält heute einen wichtigen Vortrag auf irgendeiner Konferenz, ich weiß schon nicht mehr, wo. Und dann fährt er auf die Datscha.

Für morgen haben sie noch schlechteres Wetter angekündigt, 9–13 Grad tagsüber, starker Nordwind, Windstärke 8, aber sie sagen, dass es diese Woche warm wird – sonst wird im Garten alles schlecht wachsen. Ich weiß nicht, ob ich morgen fahre, denn Nordwind halte ich nicht aus – auf dem Grundstück gehst du dick angezogen und im Haus ist es dann viel zu warm, ich beginne mich zu

erkälten. Und um morgens mit dem Vorortzug um 7.29 Uhr zu fahren, darf ich überhaupt nicht schlafen, denn sonst stehe ich nicht auf – so muss ich nachts vorkochen, die Taschen packen, und dann möchte ich auf der Datscha nur noch schlafen, schrecklich. Freitagabend zu fahren ist gut, besonders spät, aber manchmal möchte ich eine Serie sehen, teils ist es interessant, teils nicht. Ich schaue sie gewöhnlich von der Mitte an, wenn mich irgendetwas interessiert. Jetzt läuft wieder die Serie *Santa Barbara*, einige gute Schauspieler wurden ausgewechselt, gemein, die neuen sind schlechter. Besonders schade ist es um den Schauspieler, der den Staatsanwalt Keit gespielt hat, der war Gorbatschow wie aus dem Gesicht geschnitten – und ich hoffte, dass er wieder spielt, ich wollte sie vergleichen, aber, oh weh! Ausgewechselt durch irgendeinen Schönling! Und Rechtsanwalt Mason – der mit dem reichen Minenspiel (den spielten schon zwei) – wurde durch einen dritten ersetzt, irgendein Mannequin mit kleinen kalten Äuglein und ohne Mimik. Nur unsere Leningrader Jungs, die das synchronisieren, machen es wett – wunderbare Stimmen, hervorragende Intonation, es entsteht der Eindruck, dass du genau sie auf dem Bildschirm siehst. Die Zeit der Serien ist sehr unglücklich, besonders eine, von 14 bis 16 Uhr, kommt so mittendrin. Die ist nicht besonders, aber ein Mafiosi (Sobtschak wie aus dem Gesicht geschnitten) ist einfach frappierend, ein anderer (ein Universitätsprofessor) ist ein echtes Seelchen. Aber noch ein Held sticht sehr heraus (Ljoscha Makarow wie aus dem Gesicht geschnitten), selbstzufrieden, die Augen sehr Makarowsch, aber auch die Rolle ist charakteristisch, schroff und leicht grob. Erstaunlich, wie sich Menschen ähneln. Kürzlich lief ein amerikanischer Film, der Hauptdarsteller war in irgendetwas deinem Marc sehr ähnlich, liebe Augen, der gute Held, blond! Auf der Datscha ist es problematisch, bei Großvaters Fernseher bekommen wir gerade so den Kanal *Rossija* rein, die Gesichter sind nicht zu erkennen. Bei den Nachbarn wurde im Frühjahr die gute Antenne geklaut, jetzt haben sie ihren neuen japanischen Fernseher nicht mitgebracht. Also schauen wir auf der Datscha kaum, manchmal wird der Strom abgeschaltet, mit einem Wort, ein Dorf!

Jetzt zu deiner Spanienreise. Den Brief haben wir mit großem Interesse gelesen, auch die Fotos sind wunderbar. Mir haben zwei besonders gut gefallen: 1) Wo du in der Jacke mit Kapuze am Ufer stehst – man sieht sofort, dass Wind ist! 2) Wo du in weißen Jeans zwischen den Kakteen stehst – effektvoll! Obwohl du meintest, dass es in dem Ort eher langweilig war, trotzdem wunderbar, dass du ein neues Land kennen gelernt hast! Und auch den Alltag hast du erlebt: Dort scheint es mit dem Wasser noch schlimmer zu sein als bei uns auf der Datscha! Und ständig windig. Natürlich, wenn wir Geld übrig hätten, könnten wir uns so eine Wohnung noch zusätzlich zu unserer kaufen, aber selbst so eine »billige« für 50000 Mark wird Papa nicht kaufen! Professor in Berlin, das wäre was! Wenn er doch wenigstens auf Dienstreise dorthin fahren könnte, um sich einmal wie ein deutscher Professor zu fühlen! Er hofft, dass sich sein riskantes Vorhaben lohnt und sich irgendjemand für seine Vorträge interessiert! Bitte, lieber Gott! Er braucht ein bisschen positive Ablenkung. So rennt er nur von einer Arbeit zur anderen. Eine Viertelstelle im Institut, dann noch eine Viertelstelle auf der Wassiljew-Insel. Dabei ermüdet ihn die Arbeit nicht so wie das ewige Durch-die-Stadt-Rennen und die Metro – er kommt nach Hause, legt sich ein bisschen hin, ungefähr 25 Minuten, manchmal kürzer – man kann ja in diesen Betonmauern im Sommer nur atmen, wenn es nicht so heiß ist, und außerdem muss er zu Hause bei geschlossenen Fenstern sitzen – er kann den Autolärm nicht ertragen. Mich stört das nicht, das ist besser als die Musik der Nachbarn in meinem Zimmer – da wird mir ganz übel!

Schade, dass ich Deutschland wohl nie kennen lernen werde – die Reise wäre ganz schön teuer! Aber mit dem Zug fahren, das täte ich mit Vergnügen – das ist etwas anderes als unsere Vorortzüge! Also warten wir weiter auf Neuigkeiten aus Deutschland. Papa könnte sogar noch im Oktober, Anfang des Monats, fahren. Fahren muss er auf jeden Fall, denn bald läuft ja dein Ausbildungsvisum ab, und mit den Deutschen ist nicht zu spaßen – die verlängern das nicht noch ein Jahr, dann schicken sie dich wohl eher nach Moskau. Apropos Moskau – ich habe kürzlich mit Marina gesprochen, die arbeitet als Buchhalterin in einer Apotheke auf dem Tschkalowski Prospekt, sie hat für dich noch Medikamente für die Haut besorgt. Dort bei ihr auf Arbeit gibt es eine Apothekerin, deren Sohn als Programmierer in Deutschland arbeitet. Er fährt oft dienstlich nach Polen. Dem hat seine Firma nun angeboten, die Vertretung in Moskau zu übernehmen, wenn er will. Sie (er und seine Mutter) sind nach Moskau gefahren und ein paar Tage bei Bekannten geblieben. Er hat sich das Büro angeschaut und erfahren, dass die Firma ihm keine Wohnung bezahlen wird, aber schon ein Zimmer in einer Kommunalwohnung in Moskau kostet Unsummen. Er hat sein Gehalt in Rubel umgerechnet und ist zu dem Schluss gekommen, dass das Geld nach Abzug von Miete, Essen usw. nicht mal dafür reicht, ein Mal ins Bolschoitheater zu gehen – und hat abgelehnt. Er ist wieder nach Deutschland gefahren. Immerhin, er hatte die Wahl – du aber wirst sie nicht haben. Wo du doch nicht ganz legal bei dieser Weiterbildung geblieben bist, darfst du wohl auch das Angebot in Moskau nicht ablehnen? Wie auch immer, du wirst dir hier eine Arbeit suchen müssen – schade, dass die Zeit, die du in Deutschland gearbeitet hast, bei uns nicht angerechnet wird. So geht deine »Zwangsarbeit« (wie du es genannt hast) ihrem Ende entgegen. Hier ist es auch nicht das Paradies, aber wo es besser ist, weiß niemand.

Nebenbei, Alisa, die Tochter von Lena Lipko, ist gerade in Spanien, in der Stadt Palma de Mallorca, für zehn Tage ist sie gefahren. Sie hat 439 Dollar bezahlt und 300 Dollar mitgenommen. Lena hört jeden Tag, was für Wetter in Spanien ist. Da sind es schon 29 Grad. Und überall Massen von Touristen! Du hast das richtig gemacht – es war nicht zu heiß und die Strände nicht so voll!

Die Obraszowa ist in den letzten Tagen übrigens völlig außer Kontrolle: Es ist unmöglich geworden, mit ihr zu reden. Sie hat W. M. kürzlich ins Krankenhaus gebracht wegen dem Herz. Er war von der Kur zurückgekommen, und am nächsten Tag ging es ihm plötzlich schlecht. Ich habe sie gefragt: »Wie bist du zu ihm hingekommen?« – »Wie wie? Wie immer!« (Obwohl sie zum ersten Mal dort war.) »Wie ist sein Befinden und seine Laune?« – »Was für Laune wird man im Krankenhaus wohl haben? Du bist mir ja lustig. Normale Menschen können im Krankenhaus überhaupt nicht bei Laune sein. Normalen Menschen gefällt es im Krankenhaus nicht! Und wie ist wohl sein Befinden, wenn er nach einer Behandlung auf einer Trage ins

Zimmer gerollt werden musste!« Ich hatte schon Angst, weitere Fragen zu stellen – all das war in einem so scharfen und groben Ton. »Auf der Kardiologie liegen grundsätzlich immer Schwerkranke, niemand spaziert da über die Flure – was willst du eigentlich?« Zu alledem (obwohl W. M. sehr krank ist) ist er dort angezogen wie ein Sultan aus Granada – im neuen weißen T-Shirt, neue schicke Pumphosen, gestreift und wasserblau wie die Wellen an der spanischen Küste, gekrönt durch neue weiße Turnschuhe, weiß wie der Sandstrand in Alicante, und ein Walkman! Er hat von zu Hause einen Fernseher mitgebracht, aber er schaut nichts, denn alles nervt ihn – er ist gelangweilt und angewidert! Zu essen hat er genug, seinen Vater, der mit 15 Hacksteaks und Obst zu ihm kam, hat er hinausgeworfen, die Obraszowa angebrüllt, dass sie überhaupt gekommen war (ihre Anwesenheit ist ihm unangenehm, denn sie geht dann ja gleich wieder in die Freiheit und er bleibt im stickigen Krankenzimmer zurück). Die Kerls auf seiner Station, die große Tüten mit Essen gebracht bekommen, nerven ihn auch – die schlingen und schmatzen die ganze Zeit wie die Schweine. Er ist furchtbar ungehalten und angewidert. Und dann später drückte er der Obraszowa mit dem Finger in den Bauch: »Igitt! Du bist ja völlig fett geworden! Wenn ich wieder draußen bin, möchte ich das nicht mehr sehen! Wie viel hast du zugenommen?« – »Drei Kilo.« – »Das kann nicht sein!« Die Obraszowa isst ab sofort nur noch Kohl und Obst und weiß nicht, was sie machen soll, wenn sie die Kilo nicht loswird. »Was soll ich tun, ich muss schnell abnehmen.«

Er liegt dort zehn Tage und wird untersucht. »Wenn sie nichts finden und mich nicht gesund machen, dann werde ich es denen allen hier zeigen.« Papa und ich haben beschlossen, dass die beiden wunderbar zueinander passen und sich hervorragend ergänzen. Ein Gespräch ist quasi nicht möglich. Merkwürdigkeiten noch und nöcher. Sie nerven alle – und noch dazu synchron.

Die Sorina ruft mich von sich aus nicht an, Papa sagt, ich hätte sie verprellt – sie wollte bei mir vorbeikommen, zwei Mal morgens um 10 Uhr (mir scheint, ich habe es dir geschrieben), aber die Wohnung war nicht aufgeräumt, ja und ich fühlte mich nicht besonders, ich sagte ihr ab. Und jetzt ist Schluss, aus, vorbei, wir kennen einander nicht. Aber sie wird morgen 51, man muss gratulieren. Siehst du, ich gratuliere allen, und mir gewöhnlich niemand.

Irgendwie ist der 4. Juni ein unruhiger Tag, die Sorina hat Geburtstag und Sweta Makarowa (wird 25) und Lisa von unten (45).

Sweta Makarowa ist übrigens zurückgezogen zu ihrer Mutter Luda, sie kochen getrennt, aber Vater Leonid bringt ihnen Fleisch und Hühnchen mit. Wie gehabt, gefällt Luda der Schwiegersohn nicht, und Ljoscha jammert rum, dass er im großen Zimmer keine Ruhe hat. Er ist jetzt mit der technischen Fachschule fertig und hat seinen Abschluss. Nastja läuft ganz grün herum wie ein Krokodil, sie hat die Windpocken. Das Mädel ist flink, aber merkwürdig, grüßt nie (obwohl Luda das manchmal beanstandet), aber sagt immer »auf Wiedersehen«. Interessant! Sweta brüllt sie laufend an. Und Nastja hat Luda gesagt, dass sie nicht in den Kindergarten gehen möchte und in die Schule auch nicht. Sie wird am 2. Juli erst sechs Jahre alt. Das ganze Zimmer ist voll mit Importspielzeug, sie spielt zusammen mit den Eltern *Dandy*!

Kürzlich haben sie im Radio gesagt, dass man im Bezirk um den Bolschewiki Prospekt eine Gruppe von Ärzten gefasst hat, die alte, einsame Menschen behandelten. Sie gaben ihnen Medikamente, so dass es ihnen völlig schlecht ging, und baten sie, den Pass mitzubringen, angeblich zwecks Beschaffung kostenloser Medikamente. Auf diese Weise verhalfen die Ärzte anderen Personen zu einer offiziellen polizeilichen Anmeldung in den Wohnungen der alten Leute. Nun, wie in den Romanen von Chase! Sogar besser!

Nadeshda Petrowna rufe ich nicht mehr an, erinnerst du dich, ich schrieb dir, dass ich mir in meiner geliebten Swerdlowka-Klinik einen Zahn hab ziehen lassen. Da hat sie mich in bösem Ton mit Fragen belästigt: »Anscheinend hast du viel Geld, wenn du nicht in eine normale Poliklinik gehst. Wie kannst du nur!« Und dann hing sie sich plötzlich an Kanzler Kohl auf: »Wieso ist der hierher gekommen, er ist doch ein Schwein, ein Faschist, hat gegen uns gekämpft! Erkläre mir, wieso kommt der her? Man sollte alle Deutschen vernichten!« Und alles auf diese Art. Jedes Jahr raten ihr die Ärzte, ins Krankenhaus in die Nervenabteilung zu gehen, aber sie will nicht. Sich behandeln zu lassen ist für sie längst höchste Zeit, und das ist bei ihr nicht eine Frage des Alters, sie wird im August 73. Mit 50 Jahren war sie schon genauso! Von sich aus ruft sie mich nie an. Ich habe es satt, das Gezerre an den Nerven! Nach den Fragen zu Kohl und dem Zahn gibt es nichts mehr zu reden, umso mehr, weil ich angerufen hatte, um mich nach ihrer Gesundheit zu erkundigen. Schon so habe ich niemanden zum Anrufen. Deine arme Mama

7.12.1996

Liebe Verunja, sei gegrüßt!
Entschuldige die Verzögerung des Briefs – Großmutter und Papa waren wieder sehr, sehr flink und natürlich vor mir fertig. Ich wollte dir schon lange schreiben, aber das muss man in der entsprechenden Stimmung tun. Ich beginne mit einem arabischen Horoskop, abgedruckt war das in der kostenlosen Zeitung *Zentrplus*, da steht hauptsächlich Blödsinn drin. Aber das hier fand ich ganz originell, ich schreibe wörtlich: »Schützen, die im Ausland leben, und solche, die zwischen dem 28. Oktober und 11. November diesen Jahres auf Dienstreise sind, erreichen alles, was sie sich wünschen, und diese Dienstreise wird von beruflichem Erfolg gekrönt!« Und wie du siehst, hatte dich deine Bank an diesem Tag nicht betrogen – alles lief bestens, der Rest hängt von dir und den Prüfungsaufgaben ab. Also, wir hoffen sehr, dass alles gelingt, besonders, weil ein deutscher Astrologe (das steht jetzt in der heutigen Ausgabe der Zeitung *Peterburgskije Wedomosti*) aus München meint, dass die ganze Energie der letzten Woche in Erfolg und Hingabe umgewandelt wird. Diese Worte werden von dir wahrscheinlich voll unter Beweis gestellt: Nicht umsonst machst du dich mit einer neuen Frisur auf den Weg! (Oder gar mit Kurzhaarschnitt?) Wie man so sagt, man muss zur richtigen Zeit am richtigen Ort sein.

Papa hat geprahlt, dass er seinen Brief so schnell fertig hatte, und dann hat er mir befohlen, über alle Neuigkeiten zu schreiben. Nun, wie du weißt, besonders interessante

Neuigkeiten gibt es bei uns nicht, aber ich werde versuchen, dich ein wenig zu zerstreuen.

Mit der Sorina ist es wie immer, nie weißt du, wie sie sich verhalten wird. Mal ruft sie hin und wieder an, mal taucht sie unter. Du hast wie immer Recht, was sie angeht – man sollte sich besser nicht mit ihr einlassen. Ich hatte kürzlich beschlossen, ihr ein wirklich hervorragendes Buch zum Lesen zu geben, ewig hatte ich nicht mit so einem angenehmen Gefühl gelesen und stand noch lange unter diesem Eindruck – aus unserer Bibliothek hatte ich das, in vier Tagen war ich durch. Später, wenn die Odyssee mit den Prüfungen vorbei ist und dir mehr Zeit bleibt, kannst du es lesen – ich weiß natürlich nicht, ob dich das Thema interessiert, es geht um die Familie von Bonaparte, aber auch um anderes Interessantes, in Form eines Tagebuchs. Es packt einen von der ersten Seite an (Luda Makarowa hat gesagt, »ganz gut«), aber ich möchte es sogar jetzt noch einmal lesen. Und überhaupt, ich würde es sogar kaufen, wenn ich es sehe. Das Buch wurde hier erst jetzt gedruckt, obwohl die Autorin in anderen Ländern schon bekannt ist. Für alle Fälle hier die Angaben: eine österreichische Autorin, Annemarie Selinko, *Desiree* (ich weiß nicht, wo bei französischen Vornamen die Betonung hinkommt – bei den Familiennamen weiß ich es, aber hier wahrscheinlich in der Wortmitte, frag Anja, die ist Spezialistin, was Französisch angeht). Ich habe vergessen, wann es erschienen ist, aber nicht vor, ja sagen wir 1992 bis 1994. Lies es dennoch. Ich beschloss also, es der Sorina zum Lesen zu geben. Wir verabredeten uns um 17 Uhr in der

Bibliothek. Die Sorina war wie immer sehr streng. »Sieh zu, dass du dich nicht verspätest, ich bin um Punkt 17 Uhr drinnen. Such mich dort.« Ich kam pünktlich an, Massen von Menschen (das war am 10. Oktober) – alle stürmten nach den Feiertagen dorthin. Ich ging zur Ausleihe, bat, das Buch zu verlängern, stehe und warte. Dann sehe ich, sie kommt. Auf die Frage, wo sie denn um 17 Uhr war, antwortete sie, dass sie einfach beschlossen hatte, draußen ein bisschen spazieren zu gehen und frische Luft zu schnappen. Sie konnte sich nicht einmal daran erinnern, dass sie selbst den Treffpunkt bestimmt hatte. Und das ist nicht das erste Mal. Nun, das Buch überschrieben wir auf sie, ich bekam noch irgendein polnisches, den Filmroman *Der Wunderheiler*. Ich sagte, dass ich polnische Literatur schon lange nicht mehr mag, aber es stellte sich heraus, dass ein Haufen Leute dafür vorgemerkt sind und danach anstehen, diese Idioten, sogar eine Warteliste gibt es. Rein aus Neugier nahm ich es – aber die Sorina hat es sich gleich geschnappt. Letzten Endes hat sie zwei Wochen diesen *Wunderheiler* gelesen, ich hab sie immer mal angerufen, um wenigstens zu erfahren, wie es dem Helden so geht. Schließlich rief sie von sich aus an und lud mich ein, vorbeizukommen. Gegen 20 Uhr kam ich mit dem Bus bei ihr angerollt und stöhnte auf – beinahe auf dem ganzen Bogatyrski Prospekt war kein Licht. Ich konnte mich nicht dazu entschließen, allein die stockfinstere Treppe hochzugehen (laut Sorina ist das Treppenhaus immer total verdreckt), und dann noch bis in den 10. Stock. Ich beschloss, ein bisschen zu warten. Da kam ein gebildet aussehender Mann mit Hut und sagte, auf dem Weg von der Metro hierher sei das Licht vor seinen Augen erloschen. Wir standen ein bisschen, da kam noch einer. Trotz seiner mehr als bescheidenen Kleidung entschied ich, dass das der Schriftsteller sein muss, der über der Sorina wohnt und mit einer jungen Frau verheiratet ist, über die die Sorina immer schimpft, dass sie nichts tut und nicht arbeitet. In dieser Runde machten wir uns ins stockfinstere Treppenhaus auf. Streichhölzer hatte natürlich nur ich. Der Mann mit Hut hielt ein Streichholz, ich hinter ihm, hinter mir der Schriftsteller (ich hatte richtig getippt, wie sich herausstellte). Sie wunderten sich, dass das Treppenhaus sauber war, gerade an diesem Tag war zu unserem Glück dort geputzt worden. Der Mann lief schnell, aber jedes Mal, wenn das Streichholz ausging, rannte ich von hinten in ihn rein. Im 1. Stock holte uns ein junger Kerl ein, und wir gingen zu viert weiter. Dann verließ uns der Junge, der Mann mit Hut verließ uns im fünften, der Schriftsteller und ich gingen weiter, die Streichhölzer hielt ich jetzt. Wir waren so schnell geworden, dass wir nicht merkten, in welchem Stock wir waren, noch dazu sehe ich in der Dunkelheit schlecht. Der Schriftsteller ging in den 10. (er dachte, es sei der 11.) zur Sorina und ich zu seiner Wohnung im 11. Stock (ich dachte, es sei der 10.). Ich klingle und klingle, niemand da. Die Nachbarn kamen mit Taschenlampen heraus und wollten wissen, wo ich hinwill. Da erschien der Schriftsteller und sagte, dass bei ihm niemand zu Hause ist (die Sorina hatte Recht, die junge Frau treibt sich irgendwo herum). Ich musste wieder runterrennen. Die Sorina öffnete die Tür, in der Hand eine Kerze in Form eines Schweins, weder Schnäuzchen noch Pfötchen waren übrig, nur ein Wachsloch und rußige Dochtreste. Zwei Stunden musste ich bei ihr in der Küche sitzen, beinahe in völliger Dunkelheit, denn wir wollten warten, bis Sergej ausgeschlafen hatte und aufstand, um mit dem Hund Gassi zu gehen, damit ich nicht allein die Treppe hinuntergehen musste. Sergej wollte dann erst ohne mich weg, aber die Sorina befahl, dass wir zusammen gingen. Der Hund Black Buck (Schwarzer Dollar) fürchtete sich in der Dunkelheit, rannte zurück in die Wohnung, ich ihm hinterher, er sträubte sich, und letzten Endes schleiften Sergej und ich ihn ins Treppenhaus. Sergej hielt das Feuerzeug, ich kam kaum hinter ihm her, und er wunderte sich sehr, dass ich etwas sehen wollte, wo man doch auch im Dunkeln eine Treppe runtergehen kann. Kurz, er war sehr ungehalten.

Die Sorina hatte mir Fotos von ihrem Ältesten gezeigt (er wohnt gerade bei ihr, ist aus Moskau gekommen). Er und im Hintergrund sein sexy Mädel und ihr »BMW«, außerdem in seinem Büro zusammen mit seinem Freund und Chef, und in der Wohnung, die er zusammen mit diesem Mädel gemietet hat. Die Sorina weiß nicht, was das da für ein Büro ist, wohl irgendwelche Verkaufsgeschichten, geradezu merkwürdig. Erinnerst du dich, wie sie rumgeheult hat, dass Slawa keine Arbeit findet, dass ihn die Stadt nervt und er in einem ruhigen Vorort leben will? Wie hat er es nur geschafft, als er aus dem Gefängnis kam, so einen Freund in Moskau zu finden, ja und dann noch als Dreingabe dieses Mädel mit dem BMW, einfach erstaunlich.

Dann fuhr mich die Sorina ganz fürchterlich an (als ich ihr erzählte, dass mir von Zeit zu Zeit kalt ist, besonders, wenn ich einfach nur so liege), dass sie auch tausend Wehwehchen hat und dass sie mir die auch nicht haarklein beschreibt – und dass ich ihr mit Schüttelfrost komme. Sie machte ein ungehaltenes Gesicht, sagte: »Wie geht's deiner Vera?«, und, ohne die Antwort anzuhören, fing sie an zu jammern, dass ihre Jungs ach so ungehorsam sind, ständig irgendwo unterwegs, manchmal über Nacht nicht nach Hause kommen, und überhaupt, besser wäre es, nur eine Tochter zu haben. Sascha hat keine Arbeit gefunden. Ständig läuft Musik. Ja, und Sascha hätte noch gesagt, dass er keine 40 wird, sondern sich entscheiden wird, vorher zu sterben. Und überhaupt, wie schlecht sie ihre Kinder doch erzogen hätte und so weiter.

Kurz, ich habe diesen *Wunderheiler* mitgenommen, habe angefangen zu lesen, aber nur alle zehn Seiten einzelne Stellen, sonst schläfst du gleich ein. Vom Anfang bin ich an den Schluss gesprungen, dann ein bisschen aus der Mitte und noch einmal ein bisschen vom Anfang. Furchtbar. Aber am interessantesten ist, dass ich entschieden hatte, mein Lieblingsbuch, mein schönes, Maria Nikolajewna aus der Zentralbibliothek zum Lesen zu geben, sie mag Bücher über Frankreich sehr – das hätte ich schon früher tun sollen, vor der Sorina, aber ich hab das ein bisschen zu spät gemerkt. Nachdem ich den *Wunderheiler* bewältigt hatte, rief ich die Sorina wieder an, wann sie mit Napoleon fertig ist. Es verging ein Tag, noch einer, eine Woche, ich musste schon dringend das Buch entweder in der Bibliothek abgeben oder an Maria Nikolajewna weitergeben, da stellt sich heraus, dass die Sorina gerade zwei Seiten geschafft hat und nicht weiterkommt, weil sie fünf Männer bekochen muss (Papa und ich haben gerechnet und gerechnet, sind aber, den Hund eingeschlossen, nur auf vier Männer gekommen). Ich musste sie überreden, mir das Buch zurückzugeben, und sagte ihr, dass es Maria Nikolajewna bestimmt gefallen würde, was die Sorina bezweifelte. Letzten Endes klingelte es um halb zehn Uhr morgens. Unser Papa fürchtet sich immer, die Tür zu öffnen, geht auf Zehenspitzen und flüstert: »Geh du doch und mach auf, ich mach nicht auf.« Wir fingen an zu streiten – im Endeffekt machte keiner von uns auf, Papa dachte, es sei die Obraszowa, aber, wie sich herausstellte, war es die Sorina. Sie ging dann zu Oksana und gab das Buch ab. Ich musste es dann schnell Maria Nikolajewna bringen. Es stellte sich heraus, dass mir Al. Alex. sehr übel genommen hat, dass ich es nicht ihr angeboten habe. Ich sagte ihr, dass es eins über Geschichte ist, über Bonaparte (sie zog ein Gesicht: »Solche mag ich nicht, kein Bedarf«). Nun kriegt Al. Alex. das Buch für alle Fälle danach, weil sie es bei ihr in der Zentralbibliothek nicht haben. Jetzt hab ich gar nichts mehr zu lesen, furchtbar finde ich das. Weder Zeitschriften noch Bücher. Also werde ich am Montag in der Bibliothek anrufen und fragen.

8. 12.

Hurra! Dein Brief ist angekommen, komischerweise am Sonntag. Papa hatte beschlossen, alleine Brot holen zu gehen, und da hat er für alle Fälle nach der Post geschaut! Ich dachte, dass der Brief möglicherweise Samstag kommt, und hatte immer aufgeschoben, dir zu schreiben. Also habe ich richtig geschätzt! Alle Achtung, dass du ihn so schnell abgeschickt hast. 15 Tage hat er gebraucht. Eindeutig ein bisschen lange, manchmal brauchen sie nur zehn Tage. Schade, dass mein Brief nicht bis zu deinem Geburtstag am 15. ankommen wird, ich dachte, in einer Woche ist er da – also nochmals Entschuldigung, dass er zu spät kommt. Dein Brief ist schön ausführlich, wir haben ihn mit Vergnügen gelesen.

Zu deiner Fahrt nach Frankfurt – du hattest da ja quasi ein Gespräch wie mit SS-Leuten. Interessant, wozu der Chef wohl einen Psychologen angeschleppt hat? Um die russische Seele zu verstehen? Es wäre gemein, wenn sie dich nach so einem »Verhör« zur weiteren Ausbildung in eine andere deutsche Stadt schicken würden. Dem wirst du doch, nehme ich an, nicht zustimmen? Aber hoffen wir mal, dass sie dich doch in Berlin lassen, wenn du die Prüfungen anständig bestehst! Die Schwierigkeiten denken die sich dort aus, um zu zeigen, wie streng sie mit Ausländern umgehen, und dass sie sich nicht veralbern lassen. Meines Erachtens haben sie sich sogar mit ihren Visa verhaspelt, wem sie eins geben und wem nicht!

Ein paar Tage nach deiner Ankunft in Frankfurt sind

übrigens unsere Wirtschaftsmänner aus dem Kreml dort angerollt, um zweiseitige Wirtschaftsabkommen abzuschließen. Papa kam sogar aus meinem Zimmer angerannt, um diese Neuigkeit zu melden (ich und Kater Wassja ruhten uns gerade bei ihm im Zimmer aus) – wir sind überzeugt, dass das in Frankfurt nun alles hervorragend für dich ausgehen wird.

Heute ist Montag und der letzte warme Tag. Morgen fällt die Temperatur und es gibt Glatteis, und ich muss schnell zum Hauptpostamt.

Die Obraszowa ist wieder zu der Firma *Ätna* gefahren, um sich mit letzten Kräften erneut im Ankauf/Verkauf zu versuchen! Dieses Mal gaben sie ihr schwarze Stützstrumpfhosen aus irgendeinem Land, niemand weiß, aus welchem. An der Seite steht die Nummer 47. Auf der Packung steht auf Englisch »Only by Dupont«. Ich habe im Wörterbuch nachgeschaut, aber das Wort »Dupont« steht nicht drin. Die ersten beiden Wörter haben wir mit »nur für« übersetzt. Diese Strümpfe sind gegen Krampfadern, Müdigkeit, langes Stehen und nach Operationen. Die Tochter von Lena Lipko hat sich genau solche für 50 000 Rubel gekauft, weil sie den ganzen Tag im Café an der Kasse steht. Sie ist sehr zufrieden. Sie sind blickdicht. Die Obraszowa kam heute und hat Luda Makarowa zwei Paar verkauft, Luda kam gut rein. Papa nahm ein Paar für mich, fürchtet aber, dass mein Bauch größer ist als Ludas und befahl für alle Fälle, sie »für Vera aufzuheben«, denn es ist eine Einheitsgröße für die Größen 40 bis 56. Zwei Paar hat die Obraszowa nun noch und muss sie bis Mittwoch ver-

kaufen, aber sie weiß nicht, wem. In ihrem Planungsbüro ist eine »Konkurrentin« aufgetaucht – ein junges Mädel kam mit zwei Taschen voll mit diesen Stützstrumpfhosen und trug zur Demonstration selber solche. Sie verkaufte innerhalb von einer Stunde sehr viele. Das Interessanteste ist, dass die Obraszowa einen Tag zuvor ihren Kolleginnen (allerdings nur mit Worten) angeboten hatte, genau diese Strümpfe bei ihr zu bestellen, sie überlegten lange hin und her. Zwei von den Mädels haben sie am nächsten Tag bei der »Konkurrentin« gekauft. Die Obraszowa war darüber verärgert, denn sie ist krankgeschrieben und geht nicht zur Arbeit. Hier bei uns wollte sie sich nun etwas dazuverdienen (allerdings, danke hat sie mir für die Hilfe nicht gesagt – dabei hat sie mit den drei Paar Strümpfen 24 000 Rubel verdient, wenn nicht mehr). Ein bisschen gemein fand ich das. Aber mit einem kranken Menschen muss man Nachsicht haben.

Sonntag hat deine Großmutter aus Omsk angerufen. Bei ihnen ist alles beim Alten. Sie lässt dir Grüße ausrichten. Das Telefonieren ist jetzt noch teurer geworden und die Post auch. Nach Neujahr wird es, das ist abzusehen, ganz schlecht. Die Renten werden nicht angehoben, die Miete aber wollen sie verdoppeln. Am Anfang des Jahres angeblich um 37 Prozent. Überall, sowohl bei uns als auch in den kleinen Städten, läuft die Rentenauszahlung schlecht und verspätet. Großmutter bekommt auch schon seit einigen Monaten nichts. Heute wurde im Fernsehen gezeigt, dass ein Mann aus Wut das Schaufenster einer Sparkasse eingeschlagen hat und 15 Tage in Haft kam. Die Polizisten beschießen sich untereinander, Banditen ziehen sich deren Dienstmäntel an, und ein Teil der Banditen sind ehemalige Polizisten. Es wird jeden Tag schlimmer und schlimmer. Ich weiß nicht, was wird 1997 für ein Jahr? Wahrscheinlich ein abscheuliches. Die Wirtschaftler sagen einen totalen Niedergang der Wirtschaft voraus und die Ärzte erwarten eine hohe Sterblichkeit bei Männern zwischen 45 und 55 Jahren. Entsetzlich! Geradezu der Weltuntergang.

»In den letzten Zeilen meiner Botschaft« möchte ich sagen, was dem Brief beigefügt sein wird: 1) eine Postkarte mit Katzen, 2) ein Brief und eine Postkarte für Bettina, 3) eine Postkarte für Anja, 4) eine Postkarte für dich. Ich weiß nicht, ob alles in den Umschlag passt. Sogar dabei hat Papa mich hintergangen. Er hat Großmutter gebeten, auf dem Hauptpostamt einen Umschlag zu kaufen. Großmutter fragte: »Einen großen oder einen kleinen?« Papa befahl natürlich, einen kleinen zu kaufen, denn er meinte, dass ich dir weniger schreiben sollte. Er will nicht, dass ich alles beschreibe – »Vera wird das nicht interessieren!«. Wir haben ein bisschen gestritten, ich begann ihm darzulegen – wenn ich in der Stimmung bin und das Bedürfnis habe, zu schreiben (das habe ich nicht immer, wie du siehst), warum sollte ich dann nicht auch mehr schreiben? Papa antwortete, dass dich nicht alle Themen interessieren, dass ich nur über deine Freundinnen schreiben soll, aber weil über die nicht viel zu schreiben war, musste ich dich doch mit etwas anderem unterhalten. Kurz, wir haben beschlossen, alles so zu lassen, wie es ist, denn er wollte gleich wieder »allen möglichen Unsinn« durchstreichen. Auch Anjas Mutter hat gesagt, dass es Vera interessieren wird, zu erfahren, wie wir hier leben und was um uns herum zum jetzigen Zeitpunkt passiert. Zugegeben, vielleicht tut dir ja vom langen Lesen jetzt schon der Kopf weh, aber du solltest jeweils eine Seite lesen und dich dann ein wenig ausruhen. In nächster Zeit werde ich wahrscheinlich keinen langen Brief mehr schreiben, es wird keine besonderen Neuigkeiten geben. Ach ja, zu den Weihnachtsgeschenken, »wir warten gehorsamst«. Wenn es eine Möglichkeit gibt, schick doch etwas. Vera, wenn du (vielleicht) billige Filzstifte siehst, so ganz dünne, wie Kugelschreiber, keine teuren? Mit denen lässt sich gut schreiben, sie verderben die Handschrift kaum! Und schick doch noch etwas »fürs Herz«, ja? Eine Karte hab ich dir zu Neujahr nun gar nicht mehr geschrieben. Also, Papa und ich gratulieren dir zum Geburtstag und zum neuen Jahr! Noch einmal wünschen wir dir alles erdenklich Gute und alles, was du dir wünschst. Wir küssen dich. Wir warten auf einen Anruf. Einen Brief wirst du so bald nicht schreiben, denn auf zwei Briefe von dir hast du jetzt erst einen Brief bekommen. Nimm es mir nicht übel, dass mein Brief so spät kommt. Wir umarmen dich! Tschüss!

1997

Verunja, hallo!
Wir haben deinen Brief und die Geschenke bekommen! Danke! Das Gebäck haben wir gleich gegessen, die zwei Tafeln Schokolade haben wir Großmutter gebracht. Sehr schade, dass du kein Neujahrsgeschenk in Form von Buchweizen bekommen wirst, aber was soll man machen, wenn die Leute so halsstarrig sind und sich weigern, Buchweizen zu überbringen. Eigentlich wollte ich vor Neujahr zur Obraszowa, um einen kleinen Tannenbaum zu holen. Sie ist nach Toksowo gefahren und hat dort mit einem Bekannten neun Stück geschlagen, 50 bis 75 Zentimeter hohe. Obwohl sie in der Stadt allen einen Schreck eingejagt hatten (dass eine Kommission eingesetzt wird und dass alle gefasst würden, die Bäume aus dem Wald holen), schleppten die Leute sogar große Tannen aus der Umgebung an, und nichts ist passiert.

Gut, dass mein Brief doch noch am 31. angekommen ist. Ich habe ihn am 11. losgeschickt, vom 12.–14. waren dann Feiertage, ja, und es wurde wohl noch lange weitere Post gesammelt. Womöglich ist der Brief dann mit dem Zug gefahren, wer weiß, es sieht nicht nach Luftpost aus. Als ich aus dem Hauptpostamt kam, beschloss ich, wie Großmutter das immer macht, die Straßenbahn 31 zu nehmen, denn abends sind in der Metro Massen von Menschen. Sie fuhr mir direkt vor der Nase weg, ich musste ungefähr 40 Minuten warten. In der Straßenbahn haben sich die Leute amüsiert: Ein betrunkener Alter, ein Kriegsveteran, beschimpfte einen ungefähr 30-jährigen Mann, er machte ihm Vorwürfe, dass der seinen Sohn auf dem Schoß hatte, der war ungefähr acht. Letzten Endes drängelte sich der Alte zu ihm durch, um sich mit ihm zu prügeln, eine Frau fing an, auf ihn einzureden, er möge sich nicht aufregen und nicht nervös werden. Der Vater des Jungen schubste den Alten weg, und der fiel hin. Da trat ein Adonis in Lederjacke mit Blumen auf ihn zu, zückte einen Ausweis der Miliz und befahl dem Vater, sich anständig zu benehmen. Der rannte dem Polizisten zwar noch hinterher und schimpfte, stieg dann aber aus. Und ich hab mich schnell auf seinen Platz gesetzt. Die Straßenbahn fährt jetzt über die Wassiljew-Insel. Wir fuhren und fuhren und kamen bis zur Karpowka Uferstraße, da wurde angesagt, dass die Straßenbahn ins Depot fährt. Dort stand ich bis zur nächsten 31, stieg dann an der Sawuschkin Straße aus und wartete auf den 169er-Bus. Kurz, ich war über zwei Stunden unterwegs, gut, dass kein Schnee war. Am 12. fiel ganz feiner Schnee, aber nur ein ganz klein bisschen (und es war glatt), aber dann am 15. begann richtiger Winter (und hält bis jetzt an), die Temperatur fast immer –11 bis –14 Grad. Das ist schlecht, es soll endlich tauen. In der Woche vor Neujahr waren –22/–23 Grad. Unsere gesamte Wohnung war natürlich wunderbar ausgekühlt, bei mir im Zimmer waren +14 Grad. Zwei Tage waren dann –4/–5 Grad, da ging sogar das Atmen leichter, aber jetzt fängt es wieder an. Und auch im Treppenhaus ist es kalt! Schade, dass wir keinen Vorflur haben.

Papa und ich sind auf die Wassiljew-Insel gefahren,

standen über eine Stunde in der Schlange, um die Dokumente für die Registrierung unserer Wohnung abzugeben (bei staatlichen Wohnungen heißt das Privatisierung), alles wird zum 21. Januar fertig sein. Danach ging ich in die Bibliothek ein Buch abgeben und dann zu unserer Genossenschaft zu den klimakterischen Weibern, um die Bescheinigungen bestätigen zu lassen. Die Vorsitzende ließ mich warten (ein Stempel und eine Unterschrift dauern zwei Minuten), sie selbst saß da und beschimpfte genau 40 Minuten die Buchhalterin, dann wandte sie sich an mich: »Und was wollen Sie von mir?« Ich begann von neuem zu erklären, dass ich nur einen Stempel und Unterschrift bräuchte. Sie zog ein Gesicht und bekam rote Flecken ums Maul, dass ich sie ablenke, aber unterschrieb trotzdem, wobei sie lange überlegte, ob diese Dokumente wohl unterschrieben werden müssen, denn bis eine Woche zuvor wurde nichts unterschrieben. Dorthin zu gehen ist einfach abscheulich, einige schleimen sich bei den Weibern ein und schenken ihnen Schokoriegel. Papa und ich haben das alles schon vor drei Jahren beantragt, da brauchte man überhaupt keine Bescheinigungen; es war sogar möglich, den Antrag per Hand zu schreiben. Aber jetzt geht es nur noch gegen Geld, und alles muss man mit dem Fotokopierer ablichten, erst dorthin, alles holen, dann hier bestätigen und dann wieder dorthin. Und Menschen in Massen. Auch Verkauf, Schenkungen und Erbschaften von Wohnungen werden da bearbeitet.

Vor kurzem ging es Luda Makarowa schlecht, sie schaffte es gerade noch so von der Arbeit nach Hause (die ganze Toilette war voll Blut), zwei Tage lag sie. Sie rief in unserer Poliklinik an, die sagten ihr, dass in einem solchen Fall kein Arzt gerufen wird. Abends krauchte sie dann zum Bogatyrski Prospekt zur gynäkologischen Sprechstunde (da arbeitet jetzt schon die vierte Ärztin, ein junges unerfahrenes Mädel). Sie wurde nicht einmal krankgeschrieben, nur ein paar Tabletten gaben sie ihr. Sie hat sich unbezahlt krankschreiben lassen. Jetzt ist sie den ganzen Januar zu Hause.

Luda schiebt ihrem Sohn Ljoscha ihre dicken Hausmäntel zum Waschen hin, die hat es gut. Ich kann überhaupt keine schweren Sachen waschen und auswringen – der Bauch lässt es nicht zu. Leichte Sachen gehen immer noch, auch das Beugen über das Waschbrett, sofern es der Rücken zulässt. Waschen tu ich nur je nachdem, wie ich mich fühle. Und dann auch nur zusammen mit Papa – Berge von Wäsche sammeln sich an, mir wird ganz übel.

Die Obraszowa klagt zwar über Rückenschmerzen, aber die Fußböden wischt sie trotzdem, besonders wenn W. M. zu ihr kommt – sei es, um ein Regal anzubringen, oder nur so, immer mit Obst und Kognak. Allerdings, irgendwie ist er eifersüchtig, wenn die Obraszowa lange bei mir ist, sie wundert sich selber.

Kürzlich war die Obraszowa bei der Neujahrsfeier von ihrem Neffen Nikita im Kindergarten. Davor kam es zu einer merkwürdigen Geschichte: Das Kind sagt der Mama, es wolle als Kasperle gehen. Mutter Nina beginnt zu brüllen (wie gewöhnlich), dass er Unsinn redet, er wird als Häschen gehen (wie es auf dem Aushang im Kindergarten stand). Nikita hat Angst vor ihr und sagt gleich zu allem ja. Das Häschenkostüm von Nina war ganz einfach: eine Jeans und ein weißes Hemd (der Obraszowa war aufgetragen worden, ihm zu helfen, die Jeans anzuziehen, denn er kann sie sich noch nicht selber anziehen). Die Obraszowa ging dorthin, das Kind weinte und hatte schon die Kasperlemütze auf dem Kopf und das zerknitterte Kostüm an, die Obraszowa stritt mit der Erzieherin, ihr Blutdruck ging wieder hoch. Nikita wollte unbedingt, dass sie an der Tür steht, damit sie ihn nicht aus den Augen verliert, und winkte ihr die ganze Zeit, obwohl er ganz verheult war. Da sagte Väterchen Frost zu den Kindern: »Liebe Kinderchen! Wie schön, dass zu eurem Fest die Eltern und Großmütter gekommen sind!« Da warf sich Nikita nach vorne zu Väterchen Frost und schrie drei Mal hintereinander: »Aber bei mir ist die Tante gekommen! Die Tante!« Die Obraszowa sagt, er hat sich wie ein Kleinkind aufgeführt. Ihren Worten zufolge möchte Nina ihn anscheinend noch ein Jahr im Kindergarten lassen. Mit anderen Kindern spielt er überhaupt nicht, hat keinen Freund, und wenn sie ihn hauen, dann gibt er es ihnen nicht zurück, will nicht. Die Obraszowa war zwei Tage lang psychisch erregt, von Nina wurde sie angebrüllt, und die versprach, im Kindergarten einen Skandal zu machen. Der Junge wird in fünf Monaten schon acht. Schläft bei der Mama und gehorcht nur ihr. Kurz, sie erzieht ihn. Ein Graus!

Papa ist heute nicht zur Arbeit gegangen und morgen geht er auch nicht, er kuriert sich, nimmt Remantodin, Antigrippin und Glühwein (Wodka + heißen Tee + Marmelade) zu sich – ein gutes Mittel. Er liegt, von Zeit zu Zeit sitzt er dann am Tisch, dann vor dem Fernseher, dann in der Küche und dann zurück in derselben Reihenfolge.

Mascha-Hundeärztin hat angerufen. Sie arbeitet jetzt in Schuschar auf dem Bahnhof – kontrolliert Waggons mit Lebensmitteln als Hygiene-Ärztin für 300 000 Rubel. Sie wollte im Fernstudium promovieren, war schon dabei, sich auf die Prüfungen vorzubereiten, aber erstens nehmen sie lieber Männer, und dann war das Thema nicht ihr Spezialgebiet, über Pferde, und sie mag Hunde und Katzen. Also hat sie wieder abgesagt. Manchmal fährt sie zu Einsätzen, aber selten. Die Odyssee mit ihrem Zimmer in der Kommunalwohnung ist zu Ende. Erinnerst du dich, sie wurde betrogen – sie war schon offiziell in der Wohnung angemeldet, hatte 2000 Dollar bezahlt, aber das Gericht gab keine Erlaubnis. Es stellte sich heraus, dass dort jemand anders gemeldet war. Letzten Endes, ein Skandal: Sie bekam das Geld zurück, aber in Form von 68 Paar Herbststiefeln für Männer (Importware) für 155 000 Rubel das Paar. Sie möchte sie schnell verkaufen, an Geschäfte, kleine Lädchen und an Bekannte. Es hat lange gedauert, bis sie sich wieder bei der Mutter anmelden durfte, aber jetzt ist alles in Ordnung. Ein Zirkus!

Übrigens, W. M. hat der Obraszowa zu Neujahr schwarze Leggins geschenkt (solche, wie Sweta Makarowa hat, die trägt graue). Die Obraszowa ist zufrieden. Natürlich ist das angenehm! Mir hat Papa (wirklich, er hat lange nachgedacht!) einen warmen Schal geschenkt (New Delhi), schwarz-grau-weiß und sehr warm, aber er kratzt, für 15000 Rubel (auf unserem Großmarkt). Ja, meine alten Schals sind schon ganz dünn. Luda hat Stiefel für 85000 Rubel ergattert (Massenproduktion), aus Synthetikstoff, unten ein Lederstreifen, mit Klettverschluss. Anziehen muss man sie vorsichtig, sonst zerreißt man sich die Strümpfe. Luda sind sie zwei Nummern zu groß, mit einer warmen Einlegesohle. Am nächsten Tag stellte sich heraus, dass auch Großmutter solche gekauft hat, für 100000 Rubel, auch mit warmer Einlegesohle. Diese ganze Frauenrunde sagte, dass die italienische Sohle (sie erschien rutschig) nicht rutschig ist. Papa beschloss, auch mir diese Stiefel zu kaufen, denn ich scheuere mir in meinen wildledernen mittlerweile die Ferse blutig, anscheinend sind sie eingelaufen. Wir haben sie für 85000 Rubel gekauft, aber sie haben keine warme Einlegesohle, warum auch immer. Ich lege alte Sohlen rein, zerlumpte, aus Faserstoff. Sie passen mir gerade so – solange ich sie ohne Socken trage, geht es. Zu große sind schlimmer. Also, das ist alles an Geschenken!

Brüderchen Kater Wassja kommt selten, taucht tagelang unter, nicht mal zu Neujahr ist er gekommen. Treibt sich mit Mädchen rum, prügelt sich mit Obdachlosen und ist ganz schmutzig und voller Kampfwunden! Sogar Haut und Haar sind aus dem Fell ausgerissen. Schade um den Jungen, er war so schön. Er liebt Haferflockenbrei *Herkules* mit Fisch und Soße. Hühnchen fällt selten ab, aber bald werde ich eins machen und ihn bewirten. Er kommt und fängt an zu brüllen: Gib mir Essen. Frisst drei Näpfe, manchmal bittet er dann gleich, vor die Tür gehen zu dürfen, manchmal schläft er danach 2 bis 3 Stunden, dann geht er zur Tür. Und all das sehr geschäftig, im Befehlston! Ein Artist! Ich behalte ihn jetzt nicht mehr über Nacht hier, weil er sich morgens unbedingt in Papas Zimmer aufmacht, er fängt an, mit den Pfoten an der Tür zu kratzen, obwohl ich ihm erklärt habe, dass er zu mir kommen soll, bei mir ist die Tür offen. Anfangs tat er das auch, aber dann begann ihn wohl zu ärgern, dass ich so langsam aufstehe, denn Papa macht das flinker. Ich muss ihn also jetzt ins Treppenhaus schicken, obwohl er dort mit finsterer Stimme brüllt, man möge ihm was zu essen geben. Vor einem Monat, nach schweren Kämpfen, begann er irgendwie nach dem Essen zu husten und zu würgen, es machte den Eindruck, als hätte er irgendwelche inneren Verletzungen davongetragen. Umso mehr, weil es bei mir im Hals in der Speiseröhre auch so ist, manchmal kann ich nichts Festes essen. So sind Wassja und ich Invaliden, schade um den Kater. Ständig möchte er auf den Arm, selbst wenn ich Schreibmaschine schreibe. Er setzt sich und beginnt dann mit der Pfote zu tippen, er erhascht einen Buchstaben, aber kommt nicht drauf, dass er jetzt mit der anderen Pfote tippen muss. Er hat aber vor einigen Tagen wunderbar getippt, Papa und ich bedauerten, dass wir keinen Fotoapparat haben, das wäre ein herrliches Foto für Frau Batsch gewesen. Sein Gesichtsausdruck war ganz geschäftig!

Wir waren froh, Neuigkeiten von dir zu hören: ein Brief und Anrufe! Aber beim letzten Mal war, wie uns schien, deine Stimmung nicht sehr gut. Den Brief haben wir mit großem Interesse gelesen (obwohl, den stärksten Eindruck hat der Brief über Rom auf mich gemacht). Schade, dass euch auf der Reise das Wetter im Stich gelassen hat, fast wie damals in Wien! Den Brief haben wir so verstanden, dass du mit deinen Leuten hauptsächlich Kuchen gegessen hast und durch Cafés und zum Kintopp gebummelt bist! Gut, dass ihr es bei dem Matschwetter geschafft habt, die Stadt anzuschauen. Wir warten auf die Fotos, Anja kann sich mit ihnen gerne ein bisschen beeilen.

Bei uns gibt es eigentlich nichts Gutes. Das Wetter ändert sich alle zwei bis drei Tage. Heute taut es wieder, 0/+1 Grad, morgen –4 bis –6 Grad, danach wird es kälter.

Bei Lena Lipko gibt es Unannehmlichkeiten mit ihrem Hund Sita (ein kaukasischer Schäferhund), er ist an einer schweren Form der Hundepest erkrankt. Lena wandte sich an die Firma *Drei Kater*, es kam ein guter Jungveterinär. Der hat sich gewundert, wie stark der Hund erkrankt ist. Er wurde an den Tropf gehängt und bekam Spritzen. Alles in allem kostete die Behandlung 1 Mio., wenn nicht mehr. Jetzt geht es dem Hund ein wenig besser. Mittlerweile weißt du nicht mehr, wen du retten sollst, dich selbst oder die Tiere.

Witja aus dem 4. Stock war vor Neujahr auch so weise, krank zu werden. Ich weiß nicht, ob ich dir davon geschrieben habe oder nicht. Er hatte sich tschechische Schuhe gekauft, war in ihnen ein bisschen gelaufen, dann fing ein Schuh (am oberen Rand an der Seite) an zu scheuern. Es verging eine Woche (er schenkte der Sache keine Aufmerksamkeit). Einen Tag (er kam gerade von der Arbeit) wurde ihm in der Metro an der Station Tschornaja Retschka plötzlich schlecht, er verlor fast das Bewusstsein, ging raus auf die Straße und setzte sich in den 169er. Es stellte sich heraus, dass die Wunde schon zu eitern begonnen hatte. Am nächsten Morgen ging er zum Chirurgen, aber Wartenummern gab es natürlich nicht mehr, er musste bezahlen, 50 000 Rubel für die Konsultation und 70 000 Rubel für die Behandlung. Er hatte nur 100 000 Rubel. Er sagte, dass er den Rest später bringt, aber der Arzt war auch mit dieser Summe einverstanden. Einige Tage ging er zum Verbandswechsel. Er kaufte sich neue Schuhe, jugoslawische, für 270 000 Rubel (die alten hatten 370 000 gekostet).

Merkwürdig, gewöhnlich sind tschechische Schuhe gut. Er hat seiner Frau Tanja zu Neujahr einen Pelz aus waschbärartigem Hund für 1,2 Mio. gekauft, einen orangeroten.

9.1.

Als ich am Mittwoch aus der Bibliothek zurückkam, war ich spät dran (9 Uhr abends). Am Fahrstuhl höre ich, auf dem Treppenabsatz im 1. Stock ist irgendein Adonis. Er sieht mich, freut sich und sagt: »Wohnen Sie hier? Könnten Sie nicht Zeugin sein? Eine aus dem 2. Stock hat sich auch bereit erklärt.« Es stellt sich heraus, Lisa von unten hatte sich vorsichtshalber telefonisch erkundigt und sich rückversichert, dass tatsächlich im 1. Stock eine Haussuchung stattfinden sollte, und gerade zugestimmt, Zeugin zu sein. Sie kokettierte ein wenig mit dem schönen Milizionär und sagte, dass doch besser ihre Freundin aus dem 1. Stock kommen soll, wo die Wohnung neben ihrer durchsucht wird. Dort im 1. Stock wohnte ein Paar »Dunkelhäutiger« (aus den südlichen Republiken) mit zwei Kindern. Die Kinder brüllten früher sogar nachts durchs ganze Haus und der Vater und die Mutter auch. Der Adonis hatte Glück, dass er uns gefunden hatte, weil niemand im ganzen Haus kommen wollte, alle hatten Angst. Lisa war im Seehundpelzmäntelchen und Hosen, weil sie sich den Körper von oben bis unten für zwei Stunden mit blauem Schlamm eingeschmiert hatte. Wir alle sind dann zu den »Dunkelhäutigen« gegangen. Und da ist noch ein Adonis, schöner als der erste. Beide jung. Sie waren sehr schnell fertig. Wenn die bei uns gewesen wären, hätte man sie wirklich bedauern müssen, da hätten sie für ungefähr acht Stunden Arbeit gehabt. Lisa bedrängte die Schönen, als wir reinkamen, mit Fragen, was denn los sei? Der eine (er sah genau aus wie aus einem Actionfilm) drückte ihr ein Dokument in die Hand, aber sie, wenn sie auch die Königin unserer Treppe ist, kann ohne Brille überhaupt nicht lesen, sie musste es an mich weitergeben und mich bitten, laut vorzulesen! Da meine Brille schon seit langem Papa trägt, begann ich gewandt und schnell wie eine junge Frau ohne Brille vorzulesen. Da waren nur ein paar Zeilen geschrieben, dass morgens um halb sieben am Eingang des Hotels *Tschajka* durch Schüsse in Kopf und Brust ein junger Mann von 24 Jahren ermordet worden sei, ein Russe. Und danach fingen sie an zu arbeiten. Der Schönere von beiden saß und schrieb auf, und der Zweite sah sich alles genau an und legte die brauchbaren Beweisstücke auf den Tisch. Sie fanden im Zimmer eine Gaspistole (den Worten der jungen Ira zufolge braucht man dafür keinen Waffenschein), einige vorgestempelte, leere Dokumente und einige Dokumente fremder Leute. Und das Wichtigste – in der Küchentischschublade, wo die Löffel lagen, fanden sie eine schöne Messingkugel Kaliber .76 mit der Nummer 270/47. Ich hab die einfach beneidet, dass die Kugel dort so herrlich lag, serviert wie auf der Handfläche! (Papa und ich haben gerade zwei Tage in unseren Küchenregalen den Flaschenöffner gesucht und konnten ihn nicht finden, wir haben alles durchgewühlt, und dann habe ich ihn doch am zweiten Tag unter einem großen Löffel entdeckt!)

Ich dachte noch einmal, dass es für die Schönen sehr, sehr schwer gewesen wäre, bei uns zu arbeiten. Dann hatten die Jungs alles notiert, Lisa und ich waren schon dabei, alles zu bestätigen, und da kamen sie ins Stocken, sie hatten die Nummer der Kugel vergessen, ich musste sie ihnen aus dem Gedächtnis diktieren! Alte Schule!

Danach ließen sie uns gehen, und Lisa und ich standen noch ein bisschen auf der Treppe. Ich fragte nach ihrer Arbeit im Zentrum für Nephrologie auf dem Kirowski Prospekt. Sie verdient ungefähr 360 000 Rubel, nicht viel. Aber die Arbeit ist ruhig (ich habe dir darüber geschrieben), nur zwei Tage die Woche geht sie um 9 Uhr hin, und die restlichen gegen 12 Uhr. Und sie geht manchmal früher nach Hause. Ihr Sohn Dima studiert lustlos, er wurde gerade so zu den Prüfungen zugelassen, Lisa hat ihm befohlen, dass das Diplom auf dem Tisch zu liegen hat. Dima arbeitet von Zeit zu Zeit am Kiosk, verdient nicht schlecht; er hat sich davon eine Anlage gekauft und gibt

sogar Lisa Geld. Obwohl er schon 21 ist, geht er nicht mit Mädchen aus, aber letztens tat es ihm Leid um das Mädchen eines Freundes (zu Hause wurde sie nicht reingelassen) und er brachte sie zum Übernachten mit zu sich. Lisa brüllte durchs ganze Haus, dass er sie doch bitte zurückbringen möchte, und für die Zukunft – möge er doch pennen, mit wem er will, nur nicht zu Hause. Kurz, Mama ist hart. Sie erzählte mir noch von diesem blauen Schlamm, den findet man hinter dem Haus von Alewtina Swerewa auf dem Teich, in dem Papa früher gebadet hat. Wenn Papa es also dahin schafft, dann muss er auch für sie etwas mitbringen, aber ich habe Lisa nicht gefragt, in welchem Zustand der Schlamm ist, gefroren oder nicht.

Bei den Latkins begannen nach Neujahr Unannehmlichkeiten. Erstens hat Latkin seine neue Nerzkappe für 900 000 Rubel verloren – er hat die Angewohnheit, nach der Arbeit in die Kneipe zu gehen und sich kräftig zu betrinken. In welcher Kneipe er war, wo er die Kappe verloren hat – er kann sich nicht erinnern! (Übrigens, mir fällt gerade ein, dass auch Kalina am 30. ihre schicke Kappe im Taxi liegen gelassen hat, als sie von einem Treffen mit Leuten von ihrer Ausbildung kam, sie war ebenfalls leicht beschwipst.) Mit Latkins Tochter gab es eine andere Unannehmlichkeit: Die Obraszowa erzählte mir anfangs auf sehr merkwürdige Weise davon, aber ich bin wie immer nachsichtig wegen ihres kranken Kopfes. Ihren Worten zufolge war es so, dass Latkins Tochter mit der Metro fuhr. Eine Zigeunerin kam auf sie zu und nahm ihr schweigend die Ohrringe ab, solche mit einem komplizierten Verschluss. Auf dieselbe Art und Weise verschwanden 10 000 Rubel aus dem Portemonnaie! Ich verstand nichts und habe angefangen, die Obraszowa mit »Gestapo-Methoden« zu verhören: Wo stand sie? Wie kam es dazu? Und weitere Fragen. Nach einer halben Stunde hatte ich von der Obraszowa mehr oder weniger klare Antworten erhalten, aber sie war sehr gereizt. Es stellte sich heraus, dass die Latkina auf dem Bahnsteig am Newski Prospekt gestanden und ruhig auf den Zug gewartet hatte. Eine Zigeunerin kam auf sie zu und begann sie durchdringend anzuschauen, ohne etwas zu sagen. Die Latkina begann unter dieser Hypnose (obwohl ringsum Leute standen) schweigend die Ohrringe abzunehmen (die sie zu Hause nur mit Schwierigkeiten aufbekommt) und genauso 10 000 Rubel aus der Tasche zu ziehen. Die Zigeunerin ging weg, aber im Weiteren war alles wie in den Romanen von Stephen King. Sie erinnert sich angeblich nicht, was die nächsten zwei Stunden mit ihr war, denn eigentlich sollte sie um 15 Uhr zu Hause sein, kam aber erst um 17 Uhr dort an. Kurz, sie war und blieb völlig weggetreten. Also, ziehe selbst Schlussfolgerungen. Was war das für eine Hypnose? Als ich das Witja aus dem 4. Stock erzählte, hat er sich nicht gewundert: »Ja, die Zigeuner können das.« Und Papa hat gesagt: »Wo war sie die zwei Stunden? Hat sich rumgetrieben! Und die Ohrringe verkauft!« (?)

10. 1.

Auf einer Beerdigung traf ich kürzlich einen Arbeitskollegen von früher, Fjodor Potapow. Ich habe mit ihm insgesamt nur ein Jahr gearbeitet, von 1966 bis 1967. Er erinnerte sich nicht an mich, ich hab ihn auch nicht gleich bemerkt, zum Ende hin zufällig. Er ist immer noch ganz der Alte, in einem alten Mantel und Anzug, wie damals, als er bei uns arbeitete. Er ist 62. Hatte einen Herzinfarkt. Schrecklich, wenn man bedenkt, er war 32, als ich dorthin kam. Der beste Mensch in unserer Abteilung war er, und er ging wegen der Prämien, als die Frauen da entschieden, wem sie wie viel gaben. Wir haben uns ein wenig unterhalten, er erinnert sich an alle in der Abteilung mit Namen, aber an mich gar nicht, obwohl ich nicht weit von ihm weg saß. Wir erinnerten uns an seine »Liebe« in unserem Planungsbüro (im Flüsterton, damit seine Frau es nicht hörte). Ich erinnerte ihn, dass es damals hieß, diese Femme fatale mit Namen Lara habe nicht zugelassen, dass er sich mit anderen Frauen traf, sie hielt ihn bei sich wie in den *Frühlingsfluten* von Turgenjew, obwohl sie einen

Oberst als Mann hatte. Als Fjodor Potapow von uns wegging, hat sie ihn ein Jahr lang weiter verfolgt, bis er geheiratet hat. Seine Frau ist in Ordnung, wir haben uns unterhalten, und ihre Freundin, meine Altersgenossin, dachte lange nach und schaute mich dabei an, sie quälte sich mit der Frage, woher sie mich kennt. Fjodor Potapow fragte mich, alles im Flüsterton: »Haben Sie denn meine Liebe in der letzten Zeit gesehen? Sie war ja schon eine richtige Madame, ich kann sie nicht vergessen!« Und ich brachte es nicht über die Zunge, diesem so kranken und ausgezeichneten Menschen (verglichen mit den anderen abscheulichen Kerlen in der Abteilung) zu sagen, dass sie im vorigen Jahr an Gebärmutterkrebs gestorben ist. Die Totenfeier war im *Gigant*. Es waren 35 Leute da. Viele aus dem Technikum, alle haben sich völlig verändert, sind alt geworden und hatten Schwierigkeiten, einander wieder zu erkennen, besonders die aus den anderen Gruppen und Jahrgängen. Lena Lipko leitete alles, hatte gekocht. Am meisten von allen beeindruckte uns ein Verwandter von ihr. Ein Abguss von Jelzin! Am Anfang ging es, dann betrank er sich so, dass er anfing, alle vulgär zu beschimpfen und zu streiten. Dann begann er alle rauszuwerfen und vielen Frauen an die Rundungen zu greifen. Die Leute waren genervt und gingen nach und nach. Also Beerdigungen, welche auch immer, verwandeln sich in ein gewöhnliches Gelage mit allen möglichen unerwarteten Belustigungen. Das ist schrecklich! Das ist bei uns in Russland geradezu ein widerwärtiger Brauch. In Büchern über Europa wird so etwas nicht beschrieben. Genau, wie geht das in Deutschland vonstatten? Nicht doch etwa auch so? Ich würde nicht wollen, dass es bei mir so wäre! Geradezu ein heiteres Beisammensein! Mit einer düsteren Note natürlich, aber man muss doch das Maß kennen! Die Obraszowa war nicht hingegangen – ja und ohne sie fühle ich mich ruhiger, habe ich gemerkt.

Papa ist am Samstag auf die Datscha gefahren, zuerst wollte er nicht. Das Wetter war dort herrlich, die Sonne schien und sogar die Eiszapfen tauten vom Vordach. Er wollte um 17 Uhr zurückkommen und kam um 20 Uhr. Im Vorortzug saß er neben Iras Schwiegersohn Sascha. Der erzählte schreckliche Dinge: Die alte Ira und ihre Freundin Tamara (aus der Baracke) hatten wie immer beschlossen, zusammen zu trinken. Sie hatten eine halbe Flasche Wodka getrunken, und ihnen wurde schlecht. Ira wurde total schlecht, und sie fiel um, gut, dass sie nach draußen gegangen war. Dort haben sie sie aufgesammelt. Tamara ist robuster (sie wurde doch mit 16 zur Arbeit nach Deutschland weggeholt). Sie entschied sich, in die Banja zu gehen und dort ein bisschen zu sitzen. Da hat sie sich erholt. Ira brachte man ins Krankenhaus, und dort starb sie. Am Sonntag sollte die Beerdigung sein. In Siwerskaja ist es auch im Sommer zu Vergiftungen mit Wodka gekommen, aber das waren Männer. Ja und in den Zeitungen schreiben sie jeden Tag davon, dass es sogar in Geschäften ein bisschen gefährlich ist, welchen zu kaufen. Schlimmer kann es nicht mehr werden!

Euer Exzellenz ist also ärgerlich geworden, dass wir Euch beibringen wollen, Euch ordentlich zu ernähren und nicht abzunehmen. Gräme dich nicht über die Bemerkungen deiner armen Eltern – sich nur von Piroggen, Brot und Käse zu ernähren, führt zu nichts. Koch dir ein Süppchen, ich persönlich kann mittlerweile nicht mehr ohne. Ich esse viel Brot und Weißbrot, schrecklich. Ich habe zugenommen, schlimmer geht's nicht. Der Rock kneift. Die Obraszowa wiegt 66 Kilo, aber mir fällt es schwer, Kilos loszuwerden. Wenn ich den ganzen Tag irgendwo unterwegs bin, bin ich abgelenkt und habe keinen Hunger. Aber wohin nur mit mir? Nirgends. Kein Anreiz, keine Motivation, keine Arbeit, keine Kontakte. Widerlich! Da muss man eben leiden, seelisch und physisch. Papa wird wieder schimpfen, dass ich so viel geschrieben habe. Wie er, so ist es richtig: ein Blatt. Ich küsse dich, deine Mama!

Verunja, heute haben wir dein geheimes Spezialpaket bekommen: Vielen Dank für den ausführlichen Brief und die Fotos, schade nur, dass sie nicht so toll sind wie die aus Rom. Doch das Foto in der Straßenbahn ist einfach erstklassig. Ob Anja wohl Oksana extra zur Seite gezogen hat, damit sie nicht im Bild ist? Und auch Arthur ist gut getroffen, sitzt da so in der Ecke, hält sich aus den Weibergesprächen heraus und ist mit seinen Gedanken irgendwo anders. Und du besprichst offensichtlich etwas sehr Wichtiges mit Oksana – wo fahrt ihr da wohl alle gerade hin? Die Straßen in Budapest sind ja sehr schmal, geradezu merkwürdig, wahrscheinlich kommt im Sommer gar nicht viel Sonne in die Häuser! Sehr originell ist auch euer Wohnungseingang. Gibt es da einen Fahrstuhl? Der Blick aus dem Fenster ist so wie bei uns im Zentrum von Petersburg – wo du hinsiehst Dächer, Dächer, Dächer. Ganz schön langweilig. Da haben wir schon einen anderen Blick – man kann wenigstens sehen, wer auf der Straße läuft, wie windig es draußen ist und was man anziehen soll, je nachdem, was die Passanten anhaben. Sehr praktisch!

Heute, als ich den Brief von dir bei Kira abgeholt habe, schaffte ich es in dem Altbau, wo sie wohnt, gerade so in die zweite Etage. Eine steile Treppe, die Stufen völlig ausgetreten, aber was mir gefallen hat: Auf dem Treppenabsatz zwischen dem Erdgeschoss und dem 1. Stock steht an der Heizung ein wunderhübsches, fast antikes Tischchen, daneben ein Stuhl, mit Samt bezogen – kirschrot mit goldenen Sternchen, wie in der Beletage der Oper –, und auf dem Tischchen eine große leere Erbsendose für die Kippen. Wie in den besten Häusern! Und nichts wird geklaut! Ich hab mich ein bisschen hingesetzt, geraucht, die Leute angeschaut und die Leute mich, obwohl es da nur zwei Wohnungen pro Stockwerk gibt. Die Großmutter von Kira hatte mir gesagt, dass sie tagsüber zu Hause ist, aber nicht, dass sie ein bisschen taub ist. Ich hab das aber geahnt, habe drei Mal lange und kräftig geklingelt, jedoch vergebens. Deswegen bin ich noch einmal runtergegangen, um mich ein wenig auszuruhen und eine zu rauchen, weil ich ja mit meinem Rücken nicht so lange stehen kann – ständig hab ich Schmerzen, gerade auch, weil ich den ganzen Weg stehen musste, sowohl im Bus als auch in der Metro, und das ist schlecht für mich. An den Haltestellen kann ich wenigstens auf und ab gehen und spüre den Schmerz nicht so. Und mit den schweren Taschen schaffe ich es dann gerade so in den Bus. Ich stand also vor verschlossener Tür. Da hab ich mir gedacht, dass sie wohl einkaufen gegangen ist – das wollte sie tun, falls ich mich verspäte. Auf einmal kommt ein junges Mädchen mit einer großen Tasche die Treppe hoch, geht in den 2. Stock, wie ich sehe, genau in diese Wohnung – da musste ich fragen, ob sie Kira ist. Und sie war es. Ich nahm den Brief, verließ mit Bedauern mein gemütliches Rauchplätzchen, ging auf die Straße und überlegte, in welche Richtung ich muss. Auf dem Hinweg war ich von der Metrostation Tschernyschewskaja gekommen, hatte es gerade so bis zur Majakowski Straße geschafft, dann zur Rylejew Straße, überall diese elenden Fußgängerübergänge, Haufen von Schnee, aber besonders mörderisch war der Verkehr, die Autos kommen von allen Seiten, fast alles Westautos (vor allem Jeeps), die Straßen sind eng – und auch auf den Gehwegen – überall Autos. Fehlen nur noch Flugzeuge aus Europa! Schrecklich war das alles! Die Großmutter von Kira hatte gesagt, dass man von der Metro nur fünf Minuten zu Fuß gehen muss, aber ich habe ihr nicht geglaubt. Ja, zu unserer Großmutter sind es wirklich nur fünf bis sieben Minuten und man muss kein einziges Mal über die Straße. Ich lief ungefähr 20 Minuten, ich hab sogar auf die Uhr geschaut. An der Metro Schneehaufen, sehr glatt. Gut, dass es, nachdem gestern alles überfroren war, noch einmal draufgeschneit hat! Deswegen bin ich auf dem Rückweg erst zur Nekrassow Straße, habe da gestanden, kurz nachgedacht und setzte mich dann in die Straßenbahn, fuhr bis zur Bezirksbibliothek, ging dort in mein Lieblingsgeschäft und kaufte 700 g Würstchen für 10 000 Rubel. (Hergestellt werden die von einem kleinen privaten Unternehmen, aber in letzter Zeit pfuschen auch die. Woanders gibt es überhaupt nur noch eklige Würstchen!) Ich bin dann an dem Krankenhaus, in dem Tante Rita liegt, in den 10er-Trolleybus gestiegen und bis zum Gribojedow Kanal gefahren, von dort aus weiter mit der Metro bis zur Station Udelnaja – ich hatte beschlossen, noch bei der Obraszowa im Krankenhaus vorbeizufahren. Gut, dass ich nicht bis zur Metrostation Oserki weitergefahren bin – da werden die Straßenbahnen förmlich im Sturm genommen, schon an der Udelnaja musste ich war-

ten: Massen von Menschen. Selbst im Zentrum fahren die Straßenbahnen schlecht und in großen Abständen.

In den Krankenhäusern ist gerade Quarantäne, aber die Obraszowa hatte gesagt, wenn ich kommen will, soll ich beim Pförtner sagen, dass ich zu Petrow in die Neurologie, Zimmer 4, möchte. Hat auch geklappt. Vor mir der Mann wurde ausgequetscht – auch nach den Initialen der Person gefragt, zu der er wollte, ich hab schon Angst gekriegt, aber mich hat niemand gefragt. Meine Hausschuhe hatte ich vergessen, eigentlich denke ich da immer dran – ich hab der Obraszowa deinen Badeanzug aus Kanada mitgebracht, eine Apfelsine und zwei Äpfel. Ich habe sie am Stationszimmer abgefangen, sie rief gerade von der Telefonzelle daneben bei mir an, aber bei uns war wegen der Nachbarn den ganzen Tag besetzt (Großmutter ist tagsüber auch nicht durchgekommen).

Heute wurden die Nieren der Obraszowa geröntgt, mit einem neuen deutschen Röntgengerät, das sie dort seit zwei Monaten haben. Ein erstklassiges Gerät, unterstützt von einem Sponsor. Auch viele Patienten aus anderen Abteilungen wurden dort geröntgt. Als sie fertig war, wollte sie ein bisschen Suppe essen, setzte sich, nahm den Löffel, und schon wurde ihr übel, sie fiel direkt am Tisch fast um, wurde aber noch aufgefangen – und bekam sofort eine Spritze und eine Tablette unter die Zunge, wurde ins Zimmer gebracht und hingelegt. Sie durfte nicht einmal mehr ins Schwimmbad. Übrigens, was die Benutzung des Schwimmbads und die Wasseranwendungen angeht – die muss man bezahlen. Aber ein junger Arzt in deinem Alter hat der Obraszowa Komplimente gemacht, dass sie für ihr Alter toll aussieht und seiner Mutter ähnlich ist, und hat ihr eine kostenlose Dauerkarte gegeben. Jetzt denken sie aber, dass ihr das Bad vielleicht nicht gut tut, obwohl das Wasser sogar warm ist – wegen ihrer Nierenbeckenentzündung. Aber sie bittet sehr darum, weil sie sich danach wunderbar fühlt. Die Obraszowa kann nicht schwimmen, sie läuft einfach auf den Stufen am Beckenrand entlang. Der Befund vom Enzephalogramm des Kopfes ist da – ihre rechte Gehirnhälfte funktioniert sehr schlecht, daher kommt es auch zeitweise zu Bewusstseinsausfällen, sie hält die Krankenschwestern da ständig auf Trab! Deswegen soll sie ins Zentrum für Gefäßerkrankungen überwiesen werden. Zum Abendbrot gab es ein bisschen Rote-Bete-Salat, ein Ei und ein Glas Milch. Sie nahm sich für alle Fälle noch zwei Stück Brot mit, und ich habe ihr noch ein rohes Würstchen abgegeben (obwohl die Pelle zu zäh zum Abbeißen war) – sie hatte sofort ein Völlegefühl. Die anderen Patienten bekommen von reichen Verwandten (speziell dieser Petrow aus Zimmer 4, ein junger Kerl um die 30) ganze Taschen voll mit Essen gebracht, und solche wie die Obraszowa magern ab, außerdem hatte sie noch an zwei Tagen hintereinander sieben Einläufe! Also hat sie bisher zwei Kilo abgenommen, und nach der heutigen Prozedur, glaube ich, wird ihr dein Badeanzug gut passen! Immerhin langweilt sie sich dort nicht – zwei Zimmer weiter liegt Olja Wolkowa, und ins Nachbarzimmer wurde heute ihre ehemalige Kollegin eingeliefert, die ist schon in Rente. Die Mädels haben nach dir gefragt und haben gesagt, dass du das alles toll machst und dass du eine beeindruckende und kluge junge Frau bist. Und du sollst dir hier eine gute Arbeit suchen (sie erinnern sich noch an dich als kleines Kind und wundern sich, dass die Zeit so schnell vergangen ist und du jetzt schon 26 bist!).

Mir hat es im Krankenhaus so gut gefallen, dass ich gar nicht nach Hause gehen wollte – bis 20 Uhr bin ich dageblieben. Der Speisesaal ist sehr fein, sogar ein künstliches Blumensträußchen steht auf jedem Tisch. Originell. Neben der Station gibt es noch einen Flur – die Abteilung für krankengymnastische Behandlungen. Sehr praktisch. So etwas gibt es selbst in der Swerdlowka-Klinik nicht. Am Ende der Station ist ein Aufenthaltsraum mit einem Farbfernseher, gleich dahinter beginnt die gynäkologische Station. Das kann man mit der neurologischen Station, auf der Tante Rita liegt, natürlich nicht vergleichen – ein Riesenunterschied. Dort möchte ich nicht hin! Aber hier, einfach schön – hier würde ich sehr gern ein bisschen liegen und mich von zu Hause ausruhen. Im Krankenhaus habe ich mich nie unwohl gefühlt, zu Hause dagegen wird mir richtig schlecht. Ich finde es sehr schade, dass ich nicht im Krankenhaus arbeiten kann, außer vielleicht an der Garderobe, aber wegen meines Bauchs wäre es sehr schwer für mich, den Leuten aus den Mänteln zu helfen und sie aufzuhängen (Nadeshda Petrowna sagt mir die ganze Zeit, dass ich mir so eine Arbeit suchen soll, und ich ihr umgekehrt auch, zumal das Krankenhaus nur zwei Straßenbahnstationen von ihr entfernt ist). Aber von uns aus kommt man überall sehr schwer hin, ob du nun das Karl-Marx-Krankenhaus oder auch das neue Krankenhaus Nr. 2 nimmst. Schade, dass ich keine Krankenpflegeausbildung gemacht habe, dann könnte ich wie Lisa aus dem 2. Stock arbeiten und wenigstens ein bisschen Geld verdienen. Aber so habe ich einen Beruf gelernt, weder für den Kopf noch fürs Herz! Ach schade! Und auch dir hat Papa damals abgeraten, einen medizinischen Beruf zu ergreifen. So saß ich da also in den Krankenhausmauern, wurde beim Geruch der Medikamente nostalgisch und fuhr traurig nach Hause. Das war ein Akt – erst bis zur Metrostation Udelnaja, von da aus mit dem 40er, einer ist an mir vorbeigefahren, ich musste 20 Minuten warten. Um 9 Uhr abends kam ich wieder nach Hause. Gegen 1 Uhr mittags war ich losgegangen – achteinhalb Stunden war ich unterwegs, das gab es schon lange nicht mehr. Aber es hat mir richtig Spaß gemacht, denn die Touren hier im Bezirk ermüden und nerven mich – es ist windig, überall diese grauen Riesenstraßen! Geradezu deprimieren tun mich diese Wege ins »Nichts«. Ich bin gerne mit einem Ziel unterwegs, ohne danach gleich nach Hause zu müssen, doch solche Ausflüge wie heute erlebe ich alle drei Monate ein Mal, oder vielleicht noch seltener! Ich melde mich vergebens auf Stellenanzeigen in der Zeitung (das werden weniger und weniger), wo sie jemanden für Telefondienste suchen. Sie versprechen immer, dass sie anrufen, um Bescheid zu geben, aber natürlich kommt kein Rückruf. Gemein. Wenn ich doch irgendetwas außer dem Haushalt hätte, aber so nur Abwasch und Wäsche, das bringt mich um. Ich lese viel, aber gefallen tut mir das auch nicht alles. Kurz gesagt, tragisch. Mama

Hallo, Verunja! Endlich setze ich mich hin, um dir zu schreiben, ich habe das schon seit zwei Monaten vor, aber immer kam irgendetwas dazwischen, entweder hatte ich schlechte Laune oder es ging mir nicht gut.

Bei uns geht hier alles seinen Gang.

Die Obraszowa ist am 12. Juni für zwei Monate ins Sanatorium nach Toksowo gefahren. Es gefällt ihr dort nicht, aber immerhin bekommt sie ein paar Spritzen gegen Gefäßinsuffizienz und Vitamine. Sie sind zu sechst im Zimmer, ganz schön viele. Wie im letzten Jahr fährt sie dort freitags weg und montags wieder hin. Urlaubsgeld hat die Obraszowa nicht bekommen, so isst sie am Wochenende zu Hause fast nichts, weil nichts zu essen da ist, und trinkt nur Tee. Gestern hat ihr ehemaliger Freund Bubnow sie besucht. Er arbeitet als Handwerker auf den verbliebenen U-Booten, besser gesagt, in der Fabrik, wo sie repariert werden. Er brachte vier Flaschen Sekt, zwei große Tafeln Schokolade und eine Flasche Erdbeerlikör mit. Sie haben alles ausgetrunken, zu essen war ja nichts da, tja, und trinken darf die Obraszowa eigentlich nicht – jedenfalls geht es ihr total schlecht, gestern schon und heute auch. Sie liegt! Sie hätte ja auch nicht solche Mengen trinken müssen, aber sie liebt dieses Getränk zu sehr, und nach einigen Gläschen Likör war sie total weggetreten. Zu guter Letzt sagte Bubnow ihr noch (im Beisein von Nikita, ihrem Neffen), dass seine Frau sie bald umbringt, weil sie weiß, dass Bubnow, wenn er nicht zu Hause ist, bei der

Obraszowa ist – die Frau hat die Obraszowa auch schon einige Male angerufen und gefragt, warum sie mit ihm telefoniert und ihn in die Wohnung lässt, wenn sie ihn angeblich nicht braucht? Und die Obraszowa hat ihr geantwortet, dass sie gut erzogen ist und niemanden aus der Wohnung wirft oder den Hörer auflegt (wobei es ihr tatsächlich gefällt, dass er immer Sekt mitbringt). Aber das Interessanteste ist, dass ich Bubnow am 1. Mai endlich zu Gesicht bekam! W. M. werde ich wohl leider nie sehen, jedoch ist es mir jetzt gelungen, Bubnow zu betrachten. Das ist eine ganze Geschichte, und, wenn es dich interessiert, sie zu lesen, werde ich dir kurz alles beschreiben, was sich bei den Obraszows am 1. Mai ereignet hat!

Ich wollte schon den ganzen Tag zur Obraszowa, aber Papa war zu Hause, lief die ganze Zeit herum, störte mich und gab mir zu verstehen, dass ich nicht fahren soll. Im Endeffekt habe ich gegen 8 Uhr abends das Haus verlassen, die Anschlüsse waren schlecht, und so kam ich erst gegen 22 Uhr in Kuptschino an. Kurz bevor ich losfuhr, hatte mich die Obraszowa angerufen und gesagt, dass bisher nur Latkin um 19 Uhr gekommen ist, mit einer Flasche Wodka und einer Rose. Er war schon ein bisschen betrunken, konnte sich aber noch auf den Beinen halten. Als ich auftauchte, standen die Obraszowa, Latkin und ein älterer Nachbar an der Wohnungstür. Der Nachbar sah mich und stürzte schnell in seine Wohnung. Es stellte sich heraus, dass Latkin, nachdem er schon fleißig aus seiner Flasche getrunken hatte und lange bevor ich kam, zum Rauchen ins Treppenhaus gegangen war. Da kam der Nachbar aus seiner Wohnung, und Latkin fing an, im ganzen Treppenhaus rumzubrüllen, dass er zu einem RUNDEN GEBURTSTAG gekommen ist, aber keine anderen Gäste da sind, alles Schweine, die die Obraszowa missachten. Da zog er den sowieso schon halb betrunkenen Nachbarn zu ihr in die Wohnung. Dort saßen sie so eine Stunde und gingen dann wieder ins Treppenhaus rauchen, und in dem Moment tauchte ich auf – der Nachbar hatte einen Trainingsanzug an – und das war ihm wohl vor mir unangenehm. Er verschwand in seiner Wohnung, Latkin fing an, mich zu beschimpfen, dass ich so spät komme, trank weiter und versuchte dann, sich aus der zugekorkten Flasche einzuschenken. Ich hatte meine liebe Not mit ihm – das eine Mal fiel er vom Stuhl, dann schlief er wieder ein, direkt mit dem Gesicht auf dem Teller, und die Obraszowa saß neben mir, ein Stück weiter weg und lachte sich kaputt. Später schlug Latkin mit der Faust auf den Tisch und schrie herum, dass er nur ein kleiner, dummer Koch ist, deshalb hätte er seine Tochter auf die Pädagogische Hochschule geschickt. Dann ging Latkin zum Rauchen auf den Balkon, sang dort wie der großartige Bass Schtokolow (übrigens hervorragend) und pöbelte die Alkis an, die immer wieder in Pulks unter dem Balkon vor dem Geschäft *24 Stunden* auftauchten. Latkin war sehr anstrengend. Dann begann er uns anzugehen, dass wir schlecht Russisch sprechen, insbesondere ich, da ihm von meinen Sätzen und Worten einfach schlecht wird, er hing sich an dem Wort *beide* oder *beides* auf. Wir haben mit ihm um eine Flasche Wodka gewettet, dass er im Unrecht ist, aber natürlich hat er es sich später anders überlegt. Er legte sich alle halbe Stunde auf die Liege, grunzte, knirschte mit den Zähnen, Schnodder lief ihm raus (die Obraszowa hatte Angst, dass er die ganze Liege besudeln würde, wir legten ihm einen Lappen unter die Nase, aber das half nur wenig). Dann stand er auf, ging wieder auf den Balkon, dann an den Tisch, trank wieder ein Gläschen, schrie rum, lobte seine Tochter und legte sich wieder hin. So ging es bis halb drei nachts weiter. Ach, ich vergaß zu sagen, dass sich Latkin so gegen 11 Uhr abends in Ninas Zimmer aufmachte und dort mit dem Kleinen spielen wollte. Aber irgendwie mochte Nikita ihn nicht, er fing an zu weinen und kroch unter das Bett, Nina stürzte in den Flur und schrie nach der Obraszowa, damit sie Latkin aus dem Zimmer holt. Ninas Anblick war entsetzlich, ich hab mich richtig erschreckt: Verfilzte, fettige Haare standen in alle Richtungen, böser Blick. Latkin wurde rausgeführt und Nina tauchte nicht mehr auf.

Plötzlich um halb drei nachts klingelt das Telefon. Bubnow ruft an und gratuliert der Obraszowa zum Geburtstag und erinnert sie daran, dass auch er am 1. Mai Geburtstag hat. Sie plauderten eine halbe Stunde, dann sagte die Obraszowa, dass er jetzt kommt. Wir gingen den Flur aufräumen, denn Nina hatte alles durcheinander geworfen. Bubnow erschien. Er sah mich, wunderte sich sehr und fragte: »Was ist denn das für eine Tante?« Die Obraszowa schwieg, hielt ihn noch eine Weile im Flur, dann führte sie ihn ins Zimmer, und da liegt Latkin auf der Liege und schläft, tut zumindest so. Bubnow beginnt zu fragen und zu scherzen: »Wer ist das?«, und Latkin lässt auch Scherze los, wirklich originelle. Bubnow gefiel das: »Toller Kerl. Der gefällt mir.« Obraszowa und ich haben Tränen gelacht. Dann ging Bubnow auf den Balkon, um zu rauchen, und dann gingen auch wir ohne Latkin hinaus, und Bubnow fragte, wer wir denn sind. Die Obraszowa sagte, dass das mein Mann ist und ich ihre Arbeitskollegin. Dann kaufte Bubnow im Laden *24 Stunden* Sekt, zwei Flaschen, wollte noch eine dritte, aber die Obraszowa war dagegen, später hat sie es bereut. Obwohl er früher keinen Sekt trank, schlabberte Latkin das Zeug jetzt weg wie nichts, dann fingen die Jungs zu zweit an zu tanzen, zur Musik aus dem Geschenk von W. M. – ein japanischer Rekorder, ein Radio mit Kassettenrekorder. Die Obraszowa hatte den Sender *Ewropa plus* drin – die ganze Zeit Lieder und Gedudel. So ging es weiter bis 7 Uhr morgens. Latkin tanzt, singt auf dem Balkon oder schläft. Dann erklärte Bubnow der Obraszowa auf dem Flur eine halbe Stunde lang, wie sehr er sie schon viele Jahre liebt. Zu guter Letzt schaffte sie es gerade so, ihn rauszubugsieren – er wollte sich im Flur auf den Diwan legen. Latkin rauszuschmeißen, schafften wir nicht, er versank bei der Obraszowa auf der Liege in tiefen Schlaf. Nachdem wir eine halbe Stunde ausgeharrt hatten, rüttelten wir ihn wach, zogen ihm gewaltsam seine Jacke an und führten ihn untergehakt zur Tür. Er begann zu schimpfen, aber wir stellten ihn trotzdem vor die Tür und gingen schlafen. Wir schliefen genau zwei Stunden, denn um 10 Uhr morgens kam Bubnow wieder und begann die Obraszowa anzubrüllen, dass er seine

Brieftasche mit Pass, allen Papieren und eine Mio. Rubel verloren hätte. Die Obraszowa meinte später: »Schade, ich habe nicht gewusst, dass er so viel Geld hat. Ich hätte dann zu mehr Sekt und Kognak zugestimmt.« Wir schickten Bubnow nach Hause, da ruft seine Frau an und sagt, dass sie die Brieftasche gefunden hat. Wir versuchten, ihn vom Balkon aus zu rufen, aber er hörte es nicht. Er rief dann noch mal an und sagte, dass er nicht noch einmal kommen kann – die Obraszowa war verärgert wegen des Sekts. Er kam nicht mehr – erst gestern ist er wieder aufgetaucht. Er ist 53, Schnurrbart, groß gewachsen und hält die Obraszowa für jünger, er weiß nicht, dass sie schon 50 ist. Als Latkin in seiner Anwesenheit von dem runden Geburtstag sprach, machte die Obraszowa ein ahnungsloses Gesicht.

Wir aßen dann noch etwas, saßen zusammen, hörten Musik, ich wollte mich eigentlich nach Hause aufmachen. Dann tranken wir wieder Tee. Ich habe zwei Tassen getrunken (ihre Tassen sind sehr klein), wollte selber in die Küche gehen, um mir eine dritte zu holen, aber die Obraszowa sagte: »Geh lieber nicht. Sie (Nikita und Nina) sitzen in der Küche und sind böse. Komm ihnen besser nicht unter die Augen!« Wie findest du das? Ich verstand überhaupt nichts. Ich habe doch Nina nicht beleidigt, nicht mal mit ihr geredet, und den Jungen hatte sie ja nicht mal zu uns ins Zimmer geschickt. Letzten August habe ich ihr ein Glas Himbeermarmelade geschenkt usw. … (ich habe dir geschrieben, was für eine schwere Tasche mit Gemüse aus unserem Garten ich der Obraszowa tragen half – noch jetzt habe ich Schwielen an den Händen). Gegen 7 Uhr abends fuhr ich nach Hause. Papa war schon am 2. Mai morgens auf die Datscha gefahren. Es war kalt. Deshalb fuhr ich nicht hinterher. So also habe ich Obraszowas Geburtstag verbracht.

Ich küsse dich, Mama.

1998

21. 1. 1998

Liebe Verunja!

Alles Gute zum neuen Jahr! Ich hoffe, es wird besser als das alte, schreckliche. Obwohl überhaupt nicht klar ist, was uns erwartet. Großmutter war zu Neujahr bei ihren Nachbarn. Es sollte jeder etwas mitbringen. Sie hat eine Flasche Wodka gekauft, einen Salat gemacht und eine Apfelcharlotte gebacken. Auch die Schwester der Nachbarin und ihr Trinker-Mann waren gekommen. Und sie soffen zu dritt die halbe Nacht. Großmutter wunderte sich sehr, wie viel sie tranken. Die Nachbarin liebt diese Beschäftigung, und Anlässe gibt es immer mehr als genug.

Am 1. fuhren Papa und ich zu Großmutter. Wir brachten Kaviar und Kuchen mit. Und am 7., zu Weihnachten, kam Großmutter zu uns.

Wir hatten hier zu Hause ein sehr fröhliches Neujahr – daran zurückzudenken ist schrecklich. Erst war es ruhig. Papa ging so um eins ins Bett. Und ab 2 Uhr ging das Gepolter los. Der kleine Dima aus dem 2. Stock, Lisas Söhnchen, schaltete in voller Lautstärke seine Chaosmusik an. Es stellte sich heraus, dass er und seine Kumpel zusammensaßen. Ich ging zum Rauchen raus, und Nachbarin Tamara kam besoffen rausgekrochen. Sie wollte schlafen, konnte aber nicht. Da tratschten wir über das Leben. Dann ging Tamara zu Dima. Aber um zu beweisen, dass die Musik von ihm kam, musste sie lange Erklärungen liefern. Er drehte zunächst leiser, dann wieder laut. Tamara ging noch einmal runter, begann mit den Füßen gegen die Tür zu treten und vulgär zu schimpfen. Dimuschka öffnete lange nicht und sagte dann, er würde gleich rauskommen und sie sich vornehmen. Ungefähr eine halbe Stunde später (wir standen immer noch auf der Treppe) erschien der betrunkene Junge. Er war sehr aggressiv, und Tamara bekam Angst. Sie fing an, mit ihm rumzuscherzen, und erinnerte ihn daran, wie er, als er noch zur Schule ging, mit Freunden eine Katze vom Dach geschmissen hat. Daraufhin begann er zu grinsen. Aber du hättest seine dumpfdumme abscheuliche Fresse sehen sollen. Mir wurde ganz übel. »Das ist meine Musik. Und was ich will, das mache ich. Außerdem ist heute Neujahr.« Also, ein äußerst offenherziges Gespräch, wie es bei uns, den Russen, üblich ist. Im Laufe dieses Gesprächs teilte er uns auch einiges aus seinem Leben mit (und die Kumpel sitzen immer noch bei ihm und hören laut Musik). Kurz, der Junge raucht Gras und trinkt danach Bier. So ist es besser. Ja, die Dummen machen es andersherum, und dann wird ihnen schlecht. So einer ist er nicht! Er ist klug. Und überhaupt, seine Freunde achten ihn, und er ist überall ein gern gesehener Gast. Er war schon mal von zu Hause weg. Und will allein leben. Aber Madame Maman lässt ihn nicht. Er ist im Institut immatrikuliert, aber wirft es wahrscheinlich hin, denn er verdient als Großhändler bei den Kiosken 1000 bis 1500 Dollar. Ich denke nicht, dass er den Händlern dort Schokoriegel verkauft, wie mir seine Mutter im Herbst gesagt hat. Da ist irgendetwas anderes. Kurz, es lief so ein Schwachsinn, dass es wehtat.

Auch bei Oksana und Oleg amüsierten sich die Gäste.

Die Wohnungstür ging lautstark. Die Gäste rannten mit Tellern durchs Treppenhaus hierhin und dorthin, mit Geschrei, wie tagsüber. Oleg tat sehr stolz, sagte kein Wort und nickte mir nicht einmal richtig zu. Schade, dass niemand mit Kamera da war. Anja hätte sicher einen Film gedreht – ein Oscar wäre garantiert.

Dimuschka rauchte mit uns Papirossi *Belomor*. Wegzugehen hatte er eindeutig nicht vor. Aber da hielt im 2. Stock der Fahrstuhl. Die Eltern kamen – es war kurz nach fünf. Sie gingen in die Wohnung, und die Mutter stellte fest: »Die amüsieren sich hier immer noch.« Dann stellten sie die Musik ab und begannen den Sohn zu suchen. Der Vater kam die Treppe hoch – sehr stark betrunken, mit einer abscheulichen Visage. Mich ignorierte er ausdrücklich, Tamara grüßte er. Ich bin eben überhaupt niemand und habe keinen Namen! Der Vater begann, Dimuschka an der Hand zu ziehen. Der kam nicht mit. Der Vater umklammerte den Jungen, und weil beide schwankten, gingen sie sehr lange die Treppe hinunter. Es war abscheulich! Echte Kreaturen sind das, und dann noch diese biestige Maman! Ich traf sie gestern im Fahrstuhl, sie drehte sich zur Seite, anscheinend völlig in Gedanken. Ich habe sie eindeutig verärgert. Ein Albtraum! Und als Krönung hat sie diese Woche unserem Papa kaum zugenickt. Gewöhnlich kokettiert sie rum und redet viel. Aber da, nichts. Anscheinend verursachen wir der Ratte viel Ärger.

Papa hat kürzlich Polina aus dem 3. Stock an der Bushaltestelle getroffen. Er grüßte sie und fragte etwas. Da kam ihr Bus. Sie sagte zu ihm »Tschüss, Hallöchen« – und weg war sie. Papa stand lange da und wunderte sich. Und dann, am nächsten Tag, haben ihn die sowjetischen Menschen völlig an den Rand des Wahnsinns getrieben: Er ging zum Sisow Prospekt Kohl kaufen. Er hatte ihn schon auf die Waage gelegt, da stößt ein Weib mit Kind ihn weg und beginnt ihren Kohl darauf zu legen. Papa wundert sich sehr und fragt, warum sie sich das herausnimmt. Da beginnt die Frau, alle in der Schlange anzuschreien: Dass alle Männer Schweine sind und ihr Platz machen müssen. Denn sie ist mit Kind unterwegs (der Junge war neun). Papa war empört, warf ihren Kohl hinunter, legte seinen wieder rauf und sagte, dass er sie vorgelassen hätte, wenn sie ihn zivilisiert gefragt hätte. Kurz, er kam verärgert nach Hause. Da siehst du unsere russische Grobheit – auf der Treppe Schweinehunde und auf der Straße auch. Du weißt nicht, wohin du vor ihnen flüchten sollst. Papa sagte, bei euch gibt es so etwas nicht. Natürlich, auch da bei euch ist das Volk nicht Zucker. Nun, hier ist es ein völliger Albtraum!

Papa musste weg, und ausgerechnet da ging der Klogriff, der neue, kaputt. Schuld bin wie immer ich. Das Wasser läuft wieder durch. Heute ist Papa für einen neuen Griff ärmer geworden (er sagte nicht, um wie viel). Er fürchtet, dass ich ihn wieder abreiße. Ich habe ihm mitgeteilt, dass ich immer einen Eimer mit Wasser beim Klo stehen haben werde. So ist es einfacher und besser.

Papa war auf der Datscha. Ich erinnere mich nicht, ob wir dir im Herbst erzählt haben, dass unsere Nachbarn dort für ihre Großmutter und die Hunde eine Überraschung hatten. Sie haben ein Loch in den Boden gebohrt (etwa 30 m tief, direkt gegenüber von unserer Gartenpforte) und fünf Mio. Rubel gezahlt. Papa hatte Pawel noch im Sommer vorgeschlagen, zusammen so ein Wasserloch zu machen, aber der lehnte ab. Es wäre gut, wenn wir ihn überreden könnten, es für den Sommer von ihm zu mieten. Aber er ist so ein merkwürdiger Genosse. Das wäre wirklich überhaupt nicht schlecht. Aber, oh weh, nur träumen kann man von guten und wohlwollenden Nachbarn. Wo sind sie?

Gestern wachte Papa um halb acht morgens von furchtbarem Gedröhne auf – es stellte sich heraus, dass Dimuschka seine Musik angemacht hatte. Übrigens lässt er sie immer laufen, morgens und den Tag über und abends.

Überhaupt wohnt hier eine ganze Mannschaft von Musikliebhabern, begonnen im Erdgeschoss. Pawel aus dem 1. Stock schleppt auch Kumpel an und schaltet gewöhnlich zwischen 2 und 3 Uhr nachts Musik ein. Also, so leben wir, nein, eher quälen wir uns. Und Großmutter wollte glatt in einen Neubau umziehen – sie begreift nicht, dass sie dort bei sich quasi im Paradies lebt. Hier im Haus soll man um Gottes willen nicht krank werden. Kaum komme ich in die Wohnung, hustet unten Lisa und Tamara brüllt hinter der Wand vulgäres Zeug. Und sofort kommt Freude auf.

So ist das hier. Wir warten auf Briefe – sie sind interessant (Hauptsache, sie sind lang). Ich küsse dich, Mama.

20. 5. 1998

Hallo, Verunja!
Endlich habe ich mich drangesetzt, Euer Exzellenz einen Brief zu schreiben. Darauf besteht Ihr ja auch schon seit drei Tagen fast mit Gewalt. Ich hatte es natürlich schon früher vor und auch in Abschnitten, habe es aber immer aufgeschoben. Und bitte, was nun wirklich schlimm ist: Ich erinnere mich nicht mehr genau an alle Details und Einzelheiten der Neuigkeiten. Künftig werde ich in Abschnitten schreiben. Ich gebe mein Ehrenwort!

Ich habe überhaupt nichts, womit ich schreiben kann. Einer deiner guten Stifte ist auseinander gefallen. Und mit den übrigen kann ich überhaupt gar nicht schreiben. Die Handschrift wird schlecht. Und die Bleistifte sind völlig hart. So ein Graus! Und mein Lieblingsstift (ich habe einen importierten auf der Sawuschkin Straße gekauft) schreibt sehr fett. Schade um das Papier, was für eine Verschwendung! Siehst du, wie wir leben! Papas Minen sind auch zu Ende gegangen, er probiert alle Stifte aus und greift sich meine letzten! Mit Kugelschreibern kann ich mittlerweile überhaupt nicht mehr schreiben. Damit geht es langsam und es kommt nichts Gutes bei raus. Ich weiß nicht, wie ich den Brief an dich fertig schreiben soll – wir sind am Ende! Bettina schreibe ich irgendwie mit einem fetten, aber dir, ich weiß ja nicht! Wir leben wie auf dem Dorf. Papa gibt mir kein Geld für teure Stifte. Umso mehr, weil ihm ab Mai nur 65 Prozent seines Gehalts ausgezahlt werden (wie an allen Hochschulen). Die restlichen 35 Prozent werden für den Bedarf des Instituts abgezogen, für Licht, Telefon usw. Alle sind in Panik. Papa möchte jetzt wieder einen Projektantrag fertig machen, damit es wenigstens irgendwelches Geld gibt. Ich weiß nicht, was dabei herauskommt.

Gut, dass wir eine Waschmaschine gekauft haben, obwohl wir damit erst zwei Mal gewaschen haben. Papa stellte sie ohne Waschmittel an und jagte die dreckige Wäsche in purem Wasser durch. Er schaltete gleich auf 400 Umdrehungen. Die Maschine wackelte total, der Boden ist uneben. Ich dachte, gleich fällt die Maschine auseinander. Aber nichts da, »Made in Italy« hat es ausgehalten. Und so wasche ich wieder fast jeden Tag auf dem Brett. Wir haben entschieden, nur die Bettwäsche in der Maschine zu waschen. Ich will bei Maria Pawlowna (der Buchhalterin aus der Apotheke) vorbeifahren, ihre Maschine angucken und sie fragen, wie sie bunte Sachen wäscht. Sie tut sogar Strumpfhosen und Büstenhalter rein.

Die Sorina rief mich am 3. Mai an. Sie hat sich gerade einen finnischen Rock und ein Jeanskleid gekauft. Sie ist völlig fertig. Am 31. März ist ihr Hund vom Hof weggelaufen, und sie haben ihn nicht wiedergefunden. Aus irgendeinem Grund hatte er nie allein den Weg nach Hause gefunden, was sehr merkwürdig ist. Die Sorina arbeitet eineinhalb Schichten, ermüdet dabei sehr, verdient aber zwei Mio. Rubel. Einen neuen Kühlschrank haben sie sich jetzt gekauft. Sie rief an, weil sie mir anbieten wollte, ihren alten *Minsk* zu kaufen. Aber ich möchte mich nicht mit ihr einlassen.

Luda Makarowa wächst die Arbeit auch über den Kopf. Weil bei ihr im Werk viele Leute entlassen wurden, arbeiten die, die geblieben sind, jetzt eine zusätzliche halbe Schicht. Das wird offensichtlich gemacht, um weniger zu zahlen. Den Lohn zahlen sie sowieso immer nur in Teilen aus. Leonid arbeitet nicht, er geht oft den ganzen Tag mit dem Enkel spazieren. Ljoscha sucht auch Arbeit. Wladimir ist mit Töchterchen Nastja in den Ural gefahren, und im nächsten Jahr wollen sie alle zu viert fahren. Sweta ist sehr zufrieden, dass sie bei ihrer Mutter wohnt, obwohl es eng ist. Sie kochen und gleichzeitig trocknet über dem Küchentisch die Wäsche. Luda sagte: »Meiner Sweta ist die Familie sehr wichtig. Sie könnte nicht einmal eine Straße weiter wohnen. Ich könnte auch nicht ohne sie. Ja und alle ihre Freundinnen haben schon zwei Kinder. Aber deine Vera hat anscheinend dieses Schicksal, weit weg zu wohnen und keine Familie zu haben. Meine Sweta könnte das nicht.« Und alles in dieser Art. Verstehe es, wie du willst. Ich war nur zwei Mal bei ihnen, schon vor längerer Zeit. Dort vorbeizugehen ist unangenehm. Sie sind schon so zu viele. Zähl mal, sieben Personen! Wie die dort leben, einfach alle Achtung! Papa sagt, er würde davon sicher Kopfschmerzen kriegen. Er jagt schon mich immer aus dem Zimmer, wenn er sehr beschäftigt ist.

Am 15. März waren wir bei Wolodja und Walja zum Geburtstag. Wir haben nett gesessen und uns unterhalten. Ihr Sohn Klim ist schon stellvertretender Direktor bei der *Uchtabank* – er verdient sechs Millionen. Er bezahlt der Mutter Pauschalreisen ins Ausland. Walja und Tanja wollten zusammen auf Tournee fahren – Paris, London, Nürnberg, Belgien, Holland –, mit dem Bus. Aber Tanja wurde krank, und Walja fuhr allein. Am besten gefielen ihr London und Nürnberg (dort, wo der große Prozess gegen die Nazis war – kann sein, dass ich das nicht richtig schreibe, nun, auch gut). Paris ging so, »eine Parodie auf Petersburg«. Sie sagte, als sie Deutschland sah, hätte sie verstanden, warum du nicht nach Hause zurückmöchtest. Aber ihr genügt eine Reise durch Europa – noch einmal möchte sie nicht. Wolodja wollte von Anfang an nicht.

Er meint, dass Papa die Datscha in Siwerskaja verkaufen und eine in Kartaschewka kaufen soll. Er bot viele Varianten an. Später holte er uns in seinem neuen weißen Shiguli ab, und wir fuhren zu einer solchen Missgeburt von Datscha, dass es Papa und mir die Sprache verschlug. Sie ähnelte einem Vogelhäuschen: zwei Etagen, gezimmert aus Bahnschwellen. Die Außentreppe, die nach oben führt, hat kein Geländer und ist aus Schienen gebaut. Die Frau

des Hauses war ganz verwundert, warum ich da nicht hochklettern wollte! Und nebenan ein kleines Häuschen, das man vollständig abreißen müsste. Und für diese ganze »Scheiße« will sie 10 000 Dollar! Eine verfaulte Scheune und nicht mal eine Banja. Papa sagte zu mir: »Kann es sein, dass Wolodja uns für Dummköpfe hält?« Walja drängt auch sehr, dass wir näher zu ihnen ziehen. Ich denke, die Sache ist die, dass Wolodja im Winter wie im Sommer rausfährt, um den neuen Hund und die zwei Katzen zu füttern (sie bieten uns die Katzen hartnäckig an). So könnten wir das dann machen. Wolodja ist überhaupt komisch geworden. Papa wird nicht länger auf ihn hören. Wenn sie uns wenigstens etwas Anständigeres angeboten hätten.

21. 5.

Vorigen Monat habe ich die Mutter von Sascha Sesowa angerufen. Sie war mehr als zwei Monate in Gips. Sie hatte sich den Arm gebrochen. Aber so konnte sie zwischen den Arztterminen zu Saschas Hochzeit in Deutschland vorbeispringen. Die war am 20. März. Sie feierten mit der Familie in einem Restaurant. Danach zeigte Rainer ihnen kleine Städtchen im Umkreis von 200 Kilometern. Sie war sehr zufrieden und wollte mit ihrem Mann nicht wieder wegfahren, und die Jüngere, Nadja, blieb noch eine Woche. Sascha möchte einen Englischkurs machen und danach einen Programmierkurs. Sie sind natürlich aufgeregt, wie sich dort bei Sascha alles gestalten wird, betonen aber, dass der Mann von Saschas Tante 27 Jahre älter war als sie – und das war kein Problem! Aber am Beispiel von unserer Großmutter kann man sich davon überzeugen, wie der Unterschied im Alter ins Auge fällt. Immer bist du das Kindermädchen! Doch in jedem Fall ist es in jungen Jahren gut!

Heute habe ich Kalina angerufen. Sie ist fertig, die Arme, und füttert ihren Sohn durch. Er kommt zu ihr zur Arbeit in den Laden und fordert Essen – arbeiten will er nicht. Kalina hatte vor den Feiertagen richtig Glück. Sie wischte vor Geschäftsschluss die Böden, fand einen 50 000-Rubel-Schein und kaufte in einem anderen Laden Lebensmittel. Sonst sitzt sie bei Hering und Tee, manchmal klaut sie Kartoffeln. Selten lässt sie auch mal ein Stück Fleisch mitgehen.

Als sie am 9. Mai gearbeitet hat, hatten die Chefs (ein Tatare und sein Sohn) viel getrunken und legten sich schlafen – alle Mitarbeiter saßen da und warteten, bis die beiden aufwachten, um dann um Erlaubnis zu bitten, nach Hause gehen zu dürfen. Gut, dass unsere Freunde um 7 Uhr abends »aufstanden« und nicht später. Ein Albtraum! Interessant – wie arbeitet man wohl bei euch in den Geschäften? Bei Kalina hat die Hälfte der Lastenträger gekündigt, denn sie hatten einen Lohn von 500 000, ja, und nicht mal den bekamen sie. Und auch Kalina sieht ihr Geld selten. Hier hast du den privaten Handel! Der Tatare hat das Geschäft jetzt irgendwelchen Dunkelhäutigen vermietet. Die verkaufen Fleisch. Ein Zirkus! Wahrhaftig – ein Land der Dummköpfe. Überall fordern sie Geld, haben aber wenig Verstand. Alle reden vom Nachkriegsdeutschland, wie schnell es auf die Beine kam. Aber wir schaffen das nicht.

Kürzlich las ich in der Zeitung *24 Stunden* einen großen Artikel über die Bundesrepublik. Bei euch steht es auch schlecht um die Wirtschaft. Es gibt viele Arbeitslose, und es ist schwierig, eine gute neue Arbeit zu finden, wenn man entlassen wird. Die Hauptaussage war die: »Jemand, der seine Arbeit verloren oder keine gefunden hat, gilt in der Gesellschaft als Nichtsnutz, Versager und Faulpelz. Deutsche Arbeitslose schämen sich für ihr Los.« Ja, und ein Satz hat mir besonders gefallen: »Der Deutsche akzeptiert keine leeren Versprechen und keinen Betrug.« Gerade erst hatte Kanzler Kohl versprochen, bis zum Jahr 2000 die Arbeitslosigkeit um die Hälfte zu senken. Und kürzlich war er gezwungen zuzugeben, dass dieses Ziel nicht erreichbar ist. Also halte dich mit beiden Händen und dem verletzten Knie an deine Bank. Zeige, wie Russen sich einsetzen können. Zeig's den Deutschen!

Ich habe gestern meinen Brief noch einmal durchgelesen, habe aber nicht alles verstanden, was ich dir da schreibe. Na macht nichts, du orientierst dich am Sinn. Papa hat nur ein ganz kleines bisschen vom Anfang gelesen (er liest selten alles) und meinte, es wäre schlecht geschrieben – den Inhalt betreffend. Nun, ich weiß nicht – was ich konnte, das hab ich geschrieben, ja, und viele Details habe ich weggelassen (sonst hätte ich nicht geschafft, zum Ende zu kommen). Er selbst und Großmutter haben wenig geschrieben, und ich muss dann die Lücken ergänzen.

Verunja, bevor ich es vergesse, kauf mir zwei Mal *Drei Wetter Taft*. Das ist sehr gut, die Haare verkleben nicht (du hast *Natalie* mitgebracht, das ist schlechter). Danke im Voraus. Und *bac*, so drei Stück wären gut. Die T-Shirts für Papa (vielleicht fallen dir zufällig noch mal welche in die Hände) sind sehr angenehm (allerdings hat Papa es geschafft, eins mit zwei Flecken zu versehen – er frühstückte; ich lasse ihn jetzt nicht mehr ohne Oberhemd an den Tisch). Ich hab Papa gesagt, dass unser armes Kind sich für ihn ruiniert. Gestern rechneten wir zusammen, für welche Summe du Papa eingekleidet hast!

Das ist wohl alles. Siebeneinhalb Seiten hab ich geschrieben, nun lies! Wir küssen dich, bleib gesund! Deine Eltern

Ein Hallo der teuren Verunja!
Mit Vergnügen haben wir deine Briefe gelesen. (Sie sind wie immer sehr interessant. Was man von meinen nicht behaupten kann!) Ich weiß nicht, wo ich anfangen soll. Ob ich erst auf deine Fragen antworte oder ob ich erst unsere bescheidenen Neuigkeiten darlege! Ich beginne der Reihe nach.

Wir haben es sehr bedauert, dass du nur so kurz hier warst (wegen des abscheulichen Wetters war es doppelt beleidigend). Und als du weg warst, war es langweilig und traurig! Aber langweilen mussten wir uns nicht lange: Zwei Tage nach deiner Abreise kam unverhofft Besuch aus Omsk (wenn du später weggefahren wärst, hätten wir nicht einmal gewusst, wo wir sie unterbringen sollen). Die Sache war die: Am Mittwochmorgen klingelte es an der Tür, um 10 Uhr. Zuerst wollte ich nicht öffnen (Papa war kurz vorher gegangen). Ich dachte, es ist die Nachbarin Tamara. Dann ging ich doch. Wie auf sowjetische Art üblich, fragte ich nicht, wer da ist, und öffnete die Tür. Da steht ein Mann, schaut mich schweigend an, ich schaue ihn auch an und denke, dass ich ihn irgendwo schon mal gesehen habe. So vergingen drei Minuten. Da fiel mir ein, dass das Michail aus Omsk ist, der vor zehn Jahren einmal bei uns war. Er hat sich überhaupt nicht verändert. Ich ließ ihn dann rein und wir begannen ein Gespräch. Er ärgerte sich, dass Papa und er sich so knapp verpasst hatten – es stellte sich heraus, dass er eine Haltestelle früher ausgestiegen war. Ich nahm an, er sei auf Dienstreise hier, aber er war einfach so gekommen! Das Interessanteste ist, dass er nichts von sich aus erklärt. Er erzählt nicht alles! Das habe ich dann später kapiert. Alles Übrige gibt er in Portionen von einem Teelöffel pro Stunde von sich.

Ich habe Papa im Institut ausfindig gemacht, sie redeten ein bisschen. Dann gab ich ihm etwas zu essen. Es verging wahrscheinlich eine Stunde oder mehr, bevor er sich langsam in die Stadt aufmachte. Auf meine Frage, wohin er denn will, antwortete er, dass er sich mit Nina trifft. Ich wunderte mich, und es stellte sich heraus, dass er mit seiner Tochter gekommen war, die sich mit ihrem Offiziersfreund am Finnischen Bahnhof getroffen hatte (und am Ende ihres Aufenthalts erwähnte er zufällig nebenbei, dass er auch seine Frau aufgefordert hatte, mitzukommen, dass die sich aber vor dem Terror in den Zügen fürchtet und deshalb nicht mitgekommen ist). Ein Albtraum!

Papa hatte ihn drei Jahre nicht gesehen, keine Briefe, keine Anrufe! Als sie abends wiederkamen, stutzte Papa, als er Nina sah – es stellte sich heraus, dass er sie im Juni in Omsk am Bahnhof gesehen hatte, als er zu der Beerdigung seines Stiefvaters gefahren war. Sie konnte sich nicht erinnern. Eine gute Größe hat sie (1,75 m). Ein stilles Mädel. Sie saß immer neben ihrem Papa, man spürt, dass sie sein Liebling ist (auf die ältere Tochter ist er nicht sehr gut zu sprechen). Sie schliefen sogar zusammen in deinem Bett. Sie legten sich früh schlafen, um 10 Uhr abends, so dass man auf Zehenspitzen gehen musste.

Am Freitag fuhr Papa dann auf die Datscha und kam

erst am Sonntag wieder, abends um 19 Uhr. Michail war sich sicher, dass er uns das Datum ihrer Abreise gesagt hatte, aber bezüglich der Abreise hatte es überhaupt keine Gespräche und Bemerkungen gegeben. So konnten Papa und Michail sich hier vor der Abfahrt nur eine Stunde unterhalten, denn Vater und Tochter wollten sich an diesem Abend nach Moskau zu Michails Stiefbruder aufmachen (der wusste auch nichts von ihrem Vorhaben, ihn zu besuchen!).

Michail sieht wirklich aus wie ein Filmstar. Aber sein Charakter ist schwierig. Zum Beispiel machte er mir gegenüber Anmerkungen der Art: Warum brennt in der Küche das Gas so lange? Warum habe ich seine Biskuitrolle nicht in den Kühlschrank gestellt? Warum koche ich Pelmeni so lange, wo sie nur drei Minuten kochen sollen? Und so weiter. Papa nahm ihm übel, dass er anfangs die Fotos, auch die von dir, nicht anschauen wollte. Aber ich gab ihm den Rat, doch mal einen Blick darauf zu werfen. Es waren auch die Fotos von Spanien und Frankreich dabei. Sie schauten das alles schweigend an, dann sagte Michail: »Gut, die Datscha ist in Ordnung. Und das Ausland ist auch in Ordnung.« Nun, ich hatte sie mit den Fotografien vielleicht 15 bis 20 Minuten aufgehalten. Am nächsten Tag sagte Michail dann zu Nina, als sie sich zum Schlafen aufmachten: »Leg dich hin, es ist schon 10 Uhr, und Tante Natascha wird dich heute nicht aufhalten und dir nichts zeigen.« Ich war völlig baff. Das Mädchen vermied die ganze Zeit, mit mir zu reden. Die beiden saßen oft auf deinem Bett und tauschten sich über ihre Eindrücke aus oder lösten Kreuzworträtsel, übrigens sehr flink. Nina kleidet sich modisch. Sie trägt einen Herbstmantel in der Art wie Papas, einen deutschen, grauen. Sie ist 20, ihr Charakter ist undurchschaubar. Michail sprach die ganze Zeit nur über sich, nach uns fragte er irgendwie wenig.

Am Samstag kam die Obraszowa, um die Geschenke zu holen – die Schuhe sind ihr ein wenig zu groß, der Pulli passt genau. Als Michail sie sah, blieb er noch etwa 40 Minuten in der Küche sitzen, redete, und dann ging er schlafen, wie immer um 22 Uhr. Die Obraszowa und ich fingen langsam an, alles zusammenzupacken. Um halb elf ging sie. (Irgendwie ist in meinem Kopf alles durcheinander gekommen – das war danach, die Obraszowa hat die Geschenke erst später mitgenommen, du warst doch gerade erst weggefahren! Ich gab ihr an diesem Abend als Geschenk Gemüse und noch etwas Kleines mit. Genau!) Michail hatte, als er schlafen ging, ein wenig die Küchentür geöffnet und mich ganz liebevoll gefragt: »Wie, habt ihr euch so lange nicht gesehen, dass die Freundin jetzt hier ist, um mal wieder so richtig zu klönen?« Und am Morgen nach dem Aufstehen wunderte er sich: »Wie, ist deine Freundin weggefahren? Ich dachte, sie übernachtet hier. Übrigens, sie sieht hervorragend aus und jünger als du, ja, du siehst sehr schlecht aus und hast dich in den letzten zehn Jahren zum Nachteil verändert.« Ich wäre beinahe umgefallen. Vor allem – ich hatte die Obraszowa extra eingeladen, um die Reaktion der Gäste zu sehen. Und wie immer hatte ich richtig vermutet! Für die Zukunft habe ich beschlossen, die Obraszowa niemandem mehr zu zeigen. Ich brauche solche Komplimente nicht, ich höre sie zu oft beim Vergleich mit meiner Freundin. Jemand muss der Sündenbock sein, und ich bin es ständig. Als ich Papa von alldem erzählte, war er sehr empört: »Michail hätte so etwas nicht sagen müssen, das ist nicht schön. Er ist doch immerhin bei uns zu Gast! Und wir haben ihn gut aufgenommen.« Ja, vor der Obraszowa begann Michail auch noch zu streiten, dass man nach Peterhof nicht vom Baltischen Bahnhof aus fährt, sondern von einem anderen. Ich begann ihm darzulegen, dass er sich irrt. Letzten Endes fuhren sie am Sonntag dorthin, und natürlich vom Baltischen aus. Mag sein, dass das Kleinigkeiten sind, aber mir gefiel das nicht, denn Darlegungen und Argumentationen waren nötig, was sehr nervenaufreibend war! Als sie Sonntagabend weg waren, sagte Papa: »Jetzt ist es völlig langweilig, mit Gästen ist es besser.« Und dann, eine Stunde später: »Eigentlich gut, dass sie weg sind.« Er musste viele Vorlesungen vorbereiten und war abgelenkt. Umso mehr, weil Michail gesagt hatte, dass er nicht fernsieht und keine Zeitungen liest – so erklärte Papa ihm die Politik. Natürlich ist er Papas bester Freund aus der Kindheit, sie saßen zehn Jahre in einer Schulbank, aber das ist lange her, und natürlich kann man die beiden jetzt nicht mehr miteinander vergleichen. Andrej Filuta war auch mit ihnen befreundet, er ist es auch jetzt noch – ein großer Chef und Spaßvogel. Mit ihm ist es für Papa interessant, aber mit Michail eben nicht mehr wirklich, obwohl Papa ja versucht hat, mit ihm über kluge Dinge zu reden. Aber Michail ist nicht mehr jung, und er hat schwer gearbeitet (seinen Worten zufolge war er nervlich sehr angespannt, seit sie ihn zum Brigadier ernannt hatten – seine Leute tranken). Jetzt hat er zu einer leichten Arbeit übergewechselt und bekommt Rente – schon besser. Also ich weiß nicht, ob es ihnen bei uns gefallen hat oder nicht. Vielleicht hab ich sie gestört, denn ich gehe spät schlafen. Nun, egal, Michail sagte, dass er wahrscheinlich zum letzten Mal hergekommen ist – die Stadt hat er gesehen – und gut. Und wichtiger war es sowieso für Nina. Die Obraszowa hat nicht gefragt, was Michail über sie gesagt hat. Solche Fragen würde sie stellen, wenn der Gast ein Städter, ein Hauptstädter, ein Gebildeter wäre. Aber so – er ist in ihren Augen einer vom Dorf, und seine Meinung über sie interessiert sie nicht, obwohl Michail äußerlich sehr angenehm ist, gut gebaut, braune Augen, sogar schlanker als Papa.

So waren wir anfangs etwas traurig, dass unser Kind wieder wegfuhr, aber dann haben wir entschieden, dass es besser so ist – hier machen wir uns mehr Sorgen um dich als dort, deine Eltern.

27.11.1998

Liebe Verunja!
Euer Schröder kam hier ganz geschäftig angereist – das ist nicht der gute Onkel Kohl. Bei dem kannst du im Winter keinen Schnee erbetteln. Er sagte, er würde Russen in Deutschland aufnehmen, aber nur Spezialisten und solche, die gut Deutsch können. Ein cooler Knabe – trat sogar

bei NTV in der Sendung *Held des Tages* auf. Es wurde gesagt, euer Parlament müsste entscheiden, ob das Rentenalter bei Frauen auf 65 heraufgesetzt werden soll. Die sind doch von Sinnen. So lange arbeiten! Da wirst du doch verrückt! Gott gebe, dass sie es bei uns nicht auf 60 anheben? Möge das an uns vorübergehen. Kurz, bei euch ist es auch nicht Zucker. Die Bonner Beamten ziehen jetzt so langsam nach Berlin um.

Wie ist überhaupt die Stimmung bei den Deutschen nach dem schwarzen Freitag in den Banken? Gut, dass die deutschen Banken so kräftig sind. Sie werden standhalten. Wollen wir hoffen, dass auch deine Bank durchkommt! Bei uns hier wollen sie 700 Banken schließen. Übrigens, die *Uchtabank* hat aufgehört zu existieren. Dort hat Klim, Wolodjas Sohn, als Geschäftsführer gearbeitet. Moskau hatte beschlossen, diese Bank aufzufressen, und beseitigte sie dann völlig. Er bekam dort sechs Mio. Rubel im Monat (in alter Währung). Im August hatte er sich gerade noch einen BMW gekauft. Jetzt arbeitet er bei der Verwaltung der Eisenbahn und bekommt vier Mio. Rubel. Ich dachte, dass diese Bank durchhält, weil sie durch nichts bedroht war. Aber Moskau entschied, sie sich zu unterwerfen, und hat sie dann völlig vernichtet. Kurz, ein Elend. Alles hier wird geschlossen. Sogar die Zentralbibliothek sammelt jetzt Unterschriften. Dort wollen sie die Hälfte der Gebäude der katholischen Kirche übergeben. Aber es gibt so viele Bücher – die Mitarbeiter sind in Panik.

Solange das Wetter noch gut war, habe ich es wenigstens geschafft, eine Saftpresse zu kaufen. Ich hatte einfach beschlossen, in dem Geschäft anzurufen. Sie hatten dort drei, aber irgendwie alle mit Defekt. Kurz, sie bauten aus den dreien eine für mich zusammen. Sie ist so mächtig, ich schaffte es gerade so, sie herzuschleppen. Papa hatten sie noch letztes Jahr gesagt, dass man genau so eine kaufen muss. Sie heißt *Für den Garten*, hergestellt in Minsk. Aber man muss große Portionen durchjagen, eimerweise, kann man sagen. Und wenn es keine Äpfel gibt? (Bei Papa im Kopf hat sich die Idee festgesetzt, dass man Apfelsaft machen muss.) Er hatte mir versprochen, dass ich jeden Morgen Rote-Bete- und Kartoffelsaft trinken werde, aber er hat nicht einmal die Gebrauchsanweisung gelesen oder den Karton geöffnet. So steht sie, die Arme, unter dem Klavier. Und wird dort wohl sehr lange stehen.

Die Sorina hat wirklich technische Geräte auf einem Niveau jenseits der kühnsten Träume: Eine Saftpresse (allerdings nur für Zitrusfrüchte), aber auch eine Kaffeemaschine und einen Teekessel *1 Minütchen*. Ihr Sohn Sascha hat einen deutschen Toaster und ein deutsches Bügeleisen gekauft. Die Sorina bügelt schon lange mit diesem Bügeleisen, und meins (hergestellt in Singapur) steht jetzt fast ein Jahr im Abstellschrank (wir haben es im Dezember gekauft). Die ganze Zeit wollen wir es ausprobieren, aber ich fürchte, dass ich zu viel Wasser reingieße – bei dem deutschen war ein kleiner schwarzer Becher dabei, bei meinem nicht.

Ich war bei der Sorina zu Hause – das ist schon nicht mehr die Eremitage, sondern ein Märchenschloss: Im Flur haben sie Bögen eingebaut, die Tapeten an den Wänden sind weiß, mit großen grauen Blumen, in der Halle stehen Sessel, bezogen mit Stoff in demselben Muster, und ein Tischchen aus Spiegelglas mit geschwungenen Beinen, an der Decke runde deutsche Lampen. In der Küche ist alles mit Dekofolie beklebt, nur die Tischplatte noch nicht. Aber die Sorina findet, das ist keine Wohnung, sondern eine armselige Hütte, und sie gefällt ihr nicht besonders. Schon allein sich dort kurz aufzuhalten, ist schrecklich. Nirgends darf man hinspucken, laufen muss man auf Zehenspitzen, atmen darf man nicht – wie im Museum. Der Sorina gefällt das, sie ist gern eine richtige Hausherrin.

Jetzt konkret zum Telefon. Ich überredete die Sorina vor den Feiertagen, wegen eines Einzelanschlusses mit mir zur Telefonzentrale zu fahren, um eine Wartenummer für die leitende Abteilung zu holen. Wir standen dort eineinhalb Stunden und bekamen eine Nummer für den 10. November. Dann musste ich noch einmal dorthin, um einen Antrag zu holen. Ich kam da an, aber ohne Pass gaben sie mir keinen. Am nächsten Tag musste ich also wieder hin. Ich schrieb ein Antragsmuster ab. Danach fuhr ich zu einer anderen Stelle, um das Formular Nr. 9 zu holen, kam dorthin ohne deinen und Papas Pass und ohne Privatisierungsnachweis für die Wohnung (das sind die neuen Forderungen). Ich hatte schon über eine Stunde gestanden und erst dann davon erfahren, wollte schon gehen, aber die Leute in der Schlange überredeten mich, zu bleiben. Das Mädel hatte Mitleid mit mir und gab mir das Formular. Danach mussten Papa und ich den Antrag formulieren.

Als ich das erste Mal in der Telefonzentrale war, hatte ich Bekanntschaft mit einer geschäftigen Dame von der Wassiljew-Insel gemacht, und die erklärte mir alles. Sie hatte schon einmal vorgesprochen, und da ihre Mutter Blockadeopfer und Invalidin ist, wurde sie auf die Warteliste gesetzt. Aber das dauert lange, und sie stimmte einer Zahlung von 750 Rubel zu, um außer der Reihe dranzukommen (sonst sind es 300 Rubel). So bekam sie sofort einen Einzelanschluss mit einer neuen Nummer. Es stellte sich heraus, dass auch Rima aus dem 4. Stock mit dieser

Frage befasst ist. Ihr Vater ist Kriegsinvalide (sie hat ihn in einen Vorort abgeschoben), und sie ließ sich für 300 Rubel auf die Warteliste setzen. Kurz, bleiben wir vorerst bei dem Kern der Sache, Papa schmierte schnell auf einen Firmenbogen mit Adler ein beeindruckendes Gesuch, dass er beruflich fast direkt an die Regierung der Stadt und des Gebiets angeschlossen ist. Er schrieb in dem Antrag auch, dass die Nachbarn seine wichtigen Telefonate mit dem Vizegouverneur des Gebiets unterbrechen, die Schweine!

Er fuhr am 10. November zu 16 Uhr dorthin. Ich schaffte es von zu Hause gerade so und kam sieben Minuten nach 16 Uhr dort angefahren, als Papa schon an der Tür zum Büro des stellvertretenden Direktors Gurow war. Er geht dort rein (allein), da sitzt ein Kerl, kein Gruß, und wirft ihm einzig aus heiterem Himmel Fragen an den Kopf: »Invaliden? Blockadeteilnehmer? Tschernobyl-Opfer? Nein? Dann haben wir nichts zu besprechen.« Papa darauf wichtig: »Nein, wir haben sehr wohl etwas zu besprechen. Ich arbeite in der und der Akademie, stehe in Kontakt zu Regierungseinrichtungen und brauche unbedingt einen Einzelanschluss fürs Telefon.« Und hält ihm die Papiere hin. Der verhielt sich sofort anders. »Das ändert die Sache. Ich kann Sie in die Warteliste aufnehmen, aber zuerst kommen die Invaliden, und Sie könnten verdrängt oder vergessen werden.« – »Welche bessere Möglichkeit gibt es denn? Wird es für 750 Rubel gehen?« – »Das wird gehen. Ich persönlich werde mich Ihres Falls annehmen. Kommen Sie nach dem 20. zum Schalter Nr. 3.«

Am 25. entschied ich, mit der Sorina dorthin zu fahren,

um zu sehen, wie es steht. Papa war zu Hause, und ich bat ihn, mir seinen Pass zu geben. Er darauf stolz: »Ich gebe dir meinen Pass nicht« (als würde ich losgehen und die Wohnung verkaufen). Wir stritten uns, und ich fuhr los.

Zunächst gingen die Sorina und ich noch auf dem Bogatyrski und dann auf dem Bolschoi Prospekt spazieren. Die Sorina war von den Dekofolien nicht loszureißen, und im Endeffekt kamen wir um 16 Uhr in der Zentrale an, wobei wir es fast schafften, uns wegen einer öffentlichen Toilette zu streiten. Die Sorina sagte, dass sie, wenn ich sie anschreie, nach Hause fährt. Kurz, ich beruhigte sie – sie ist eine nervlich sehr angespannte Dame, aber nicht in dem Sinne wie ich, sondern noch schlimmer.

In der Schlange am Schalter Nr. 3 standen zwei Leute vor mir. Ich reichte stolz den Antrag durchs Fenster. Die Dame fragte streng: »Wozu geben Sie mir den Antrag? Haben Sie eine Postkarte erhalten?« – »Nein.« – »Interessant, wann haben Sie den Antrag fürs Telefon gestellt?« – »Am 10.« – »Und was wollen Sie dann?« Ich musste auf Methoden aus der Breshnew-Zeit zurückgreifen. »Gurow sagte, er hätte sich dieses Falls angenommen, und hat angeordnet, heute zu kommen.« Das Spiel lief vabanque! Sie zuckte mit den Schultern und begann im Karteikasten auf dem Fensterbrett zu suchen, brachte die Papiere, streckte die Hand aus und sagte: »Den Pass Ihres Mannes.« Ich rief »ach« und musste erklären, dass mein Mann auf dem Weg ist. Ich ging Papa anrufen, aber er versteckt sich tagsüber vor neuen und alten Kollegen. Ich ließ als Erkennungszeichen drei Mal klingeln. Es war kurz vor halb fünf.

»Pascha, bring schnell den Pass.« – »Wozu?« – »Es scheint, die Papiere sind schon fertig.« – »Kann nicht sein.« – »Fahr sofort los.« – »Nirgends fahr ich hin.« Ich sagte: »Fahr sofort los«, und legte auf. Ich war sehr verärgert, dein Papachen ist manchmal einfach unerträglich. Die Sorina wollte nach Hause fahren, aber ich überredete sie, zu bleiben, und weil sie nach unserem Streit über die öffentliche Toilette schlechte Laune hatte, musste ich einen schlauen Trick anwenden und sie an vergangene Zeiten erinnern, an ihren Freund, den leitenden Kommissar aus der 25. Abteilung der Miliz. Während die Sorina in gehobener Stimmung war und in Nostalgie schwelgte, drehten wir drei Runden; dann ging ich wieder zum Schalter Nr. 3 und wunderte mich sehr, als ich eine Schlange von zehn Leuten erblickte. Immer noch im Schock, stellte ich mich an. Sieben Minuten später kam Papa mit einem versöhnlichen Ausdruck im Gesicht. Wir standen noch fast eine Stunde, und als wir dran waren, stellte sich heraus, dass die Dame von einem dürren blonden Mädchen abgelöst worden war. Ich musste alles von vorn und zwei Mal erklären, sie ging zum Fensterbrett, aber dort war nichts. Wir wurden nervös, ich erklärte, dass vor einer Stunde alles da gewesen sei, und jetzt ist auch der Pass da! Schließlich fand sie auf ihrem Tisch (!?) die von der anderen Dame vorbereiteten Papiere. Ein Grauen! Die Hitze dazu, ich in dicken Strumpfhosen, völlig durchgeschwitzt und die Nerven blank. Die Sorina will sich nach Hause losreißen, ich halte sie zurück, und die Dame sucht in der Zeit unsere Papiere. Aber alles fand seine Ordnung, jedoch nicht für lange. Das Mädchen schob uns einen Berg Papiere zu, ein Haufen davon musste ausgefüllt werden, wobei sie uns nichts erklärte. Wir gingen zu dritt zur Schranke, rundum scheußlichstes Gedränge. Einen Teil der Papiere füllten wir aus, aber mit den grünen Formularen kamen wir durcheinander. Als wir zu der Zeile »Telefonnummer« kamen, wusste keiner, was da hinsoll. Wir entschieden, dass dort unsere bisherige Nummer eingetragen werden muss, aber als wir uns den Weg zurück nach vorne bahnten, bemerkte ich bei der Frau vor uns, dass sie die Nummer 307 hatte. Da wurde mir schlagartig klar, dass die neue Telefonnummer da hinmuss, und während ich noch versuche, mir den Weg zum Fenster zu bahnen, bemerkt die Sorina plötzlich, dass auf einem der weißen Formulare oben die Telefonnummer steht. Sie griff sich die Papiere, und wir konnten uns überzeugen, dass dem so ist. Die junge Frau musste uns wieder grüne Formulare geben, und wir schrieben alle Silbe für Silbe laut lesend unsere neue Telefonnummer darauf: 3 94 23 24 (wobei ich das Vorgefühl gehabt hatte, dass die letzten vier Ziffern niedrig und genau diese sein würden). Kurz, beim dritten Mal nahm sie die Papiere an und sagte: »Zahlen Sie an der Kasse 750 Rubel.« Wir sagten »ach«. Wir hatten gedacht, so weit würde es gar nicht kommen. Da fiel mir ein, dass in meinem Portemonnaie 550 Rubel waren (der so gut wie nie eintretende Fall – Papa hatte mir Geld gegeben für Lebensmittel und um nach einer Mütze zu schauen), in seinem Portemonnaie waren 100 Rubel und die Sorina hatte Gott sei Dank (von Sascha für den Schuster) auch 100 Rubel. Zu dritt zählten wir schweigend das Geld nach. An der Kasse Menschenmassen. Wir standen, bis wir dran waren, und gingen dann mit der Quittung zum Schalter Nr. 4. Wir gaben alle Papiere ab, und die Dame fragte (jetzt fragen das alle): »Mit internationaler Leitung?« Papa und ich antworteten gemeinsam: »Ja. Natürlich.« Wenn es Berlin nicht gäbe, bräuchten wir die nicht.

Sie sagten uns, der Handwerker würde am 8. Dezember kommen. Wir müssen für ihn im 2. Stock eine freie Buchse finden. Dann schoben wir uns hinaus auf den Bolschoi Prospekt, und auf dem Weg zur Metrostation Pionerskaja bekam die Sorina plötzlich wieder schlechte Laune – ich kenne sie gut. Papa hatte nämlich auf dem Weg ein bisschen über die Akademie gesprochen, dass wir sonst nie einen Anschluss bekommen hätten. Und das, wo der Nachbar Maksim kürzlich die Kontakte verklebt hat, so dass das Telefon gar nicht mehr funktionierte. Die Sorina verabschiedete sich jäh an der Metro und sagte, dass sie allein sein möchte und wir sie nicht bis nach Hause begleiten sollten.

Jetzt zu den Geschenken: Die Handtücher sind sehr schön. Außerdem habe ich Folgendes gekauft: ein Glas, einen Henkelbecher und ein Ferkel mit russischem Geheimnis: Es hat am Popo ein kleines Loch. Wenn man es mit Salz gefüllt hat, muss man es mit einem Verschluss versehen. Vielleicht kann Marc helfen? Ihm wird was einfallen. Das ist zum Weiterverschenken. Die Geschenke persönlich für dich: *Block* und die Hefte. Von Papa der Honig. Und noch kleine Kalender zu den Handtüchern.

Den mit der Laterne kannst du behalten, die anderen verschenke. Den großen Kalender kannst du auf der Arbeit aufhängen (wenn bei euch so etwas üblich ist). In den Geschäften gibt es sonst nichts weiter Interessantes. Also nimm es uns nicht übel, wenn etwas nicht ganz so ist.

Deine Eltern

15. 12. 1998

Gut gemacht, Verunja, dass du heute angerufen hast, aber viel zu kurz. Außerdem haben wir vergessen, dir zu sagen, dass wir in der Stadt keine Himbeermarmelade haben – wir haben welche auf der Datscha, wo Papa schon seit mehr als einen Monat nicht mehr hinfahren kann. Großmutter hat Heidelbeermarmelade und noch irgendeine. Vor ganz kurzer Zeit haben Papa und ich Tante Ritas Himbeermarmelade von der Wolga aufgegessen – wir hätten dir etwas übrig lassen sollen, aber zuerst labte sich Papa daran und dann ich. Irgendwie haben wir nicht daran gedacht, dass wir dir zumindest 400 Gramm aufheben müssten. Obwohl, der Gedanke war schon da, dass sie noch irgendwofür gut sein könnte. Ja, und Marc hat dich hereingelegt – dem darf man Marmelade gar nicht zeigen. Kurz, alle rundherum sind schuld – alle möchten gerne Bären sein. Papa isst auch Honig. Ein Glück, dass noch ein halbes großes Glas Blütenhonig da ist. Wir wollten ihn dir schicken, aber du bittest um Marmelade. Wir wissen nicht, was wir uns ausdenken werden, vielleicht jemanden fragen, obwohl, es ist so eine Zeit, in der niemand etwas gibt.

Leonid Makarow war mit dem Schwiegersohn im letzten Herbst auf dem Land, sie brachten Himbeermarmelade, Kartoffeln und Salzgurken mit, aber die kann man doch nicht fragen, die Familie ist zu groß. Übrigens, sie haben sich kürzlich ein belgisches Funktelefon *Premier* für 1700 Rubel angeschafft. Es steht bei ihnen im Flur, und alle gehen der Reihe nach (jeweils, wenn jemand angerufen wird) damit in ihr Zimmer oder in die Küche. Luda hatte ihr Gehalt von vier Monaten ausgezahlt bekommen – mehr als 4000 Rubel. Sie wollte Ljoscha eine Jacke kaufen, aber er lehnte das ab. Zuerst beschlossen sie, einen Videorekorder zu kaufen, entschieden sich dann aber für das Funktelefon. Allerdings funktioniert es nur bis zu einer Entfernung von 30 Metern. Das alte Telefon steht in der Küche. Die Obraszowa war sehr verwundert, weil die Makarows vorher überhaupt kein Geld hatten, nicht einmal für Brot – Ljoscha ernährte die ganze Familie (Mama Luda, Papa Leonid und sich). Er hat als Lehrling auf dem Bau begonnen, bei einer Brigade, die Büros und Wohnungen

ausbaut. Sie bezahlen ihm 5 bis 10 Prozent dessen, was er erarbeitet, außerdem hat er keinen Tag frei. Fenster nach europäischem Standard (die Rahmen) lassen sie ihn schon selbstständig machen. Und überhaupt, er will alles lernen, um dann seine eigene Wohnung auszubauen. Alle Achtung! Aber trotzdem hart, ohne freie Tage. Ob er das lange aushält? Leonid hat angeblich vor kurzem als Schlachter auf dem Markt angefangen, ich weiß nicht, ob für lange.

Derzeit kann man überhaupt nirgends Arbeit finden. Nadjeshda Petrowna denkt allerdings, dass man als Schaffner oder Hausmeister etwas finden würde. Aber nicht alle können das. Kürzlich gab es eine Radiosendung – alle wurden gebeten anzurufen und zu erzählen, was sie im Moment am meisten beunruhigt –, und dann brachten sie Musik (damit es nicht zu schrecklich würde!). Eine alte Tante rief an und sagte, dass ihre Enkelin in diesem Jahr die Fachschule für Architektur und Bauwesen (die von Obraszowa und mir) mit Einsen und Zweien abgeschlossen hat, sehr gut zeichnet und keine Arbeit finden kann. Ihr Bruder arbeitet auch nicht und die Mutter ist Invalidin. Der Moderator, ein junges Journalistenkerlchen, witzelte nur herum und sagte: »Das ist nicht so schlimm, sie wird schon was finden«, und kicherte zusammen mit dem anderen Journalisten. Die Tante gab zurück, dass die Enkelin überall gesucht hätte. Man hätte ihr einzig angeboten, im Stadtzentrum als Kellnerin zu arbeiten. Zur Arbeit müsse sie unbedingt in einem schwarzen, sehr kurzen Rock, weißer Bluse und geschminkt erscheinen. Die Journalistenjungs lachten wieder und sagten, dass mit der Enkelin alles in Ordnung kommt, und legten Musik auf. Der Nächste war ein älterer Mann, der auf dem Solidarnost Prospekt wohnt. Er sagte, dass er von sich zu Hause morgens nicht mit öffentlichen Bussen zur Arbeit kommt. Es fahren keine, nur private. Die Leute kaufen aber Monatskarten für 115 Rubel oder haben einen Rentnerpass. Doch damit können sie nicht mit den privaten Bussen fahren, obwohl sie dazu gezwungen sind, sie müssen ja mit irgendetwas fahren. Er bat um Hilfe in dieser Sache. Worüber sich eben jener leitende Journalist sehr wunderte und sagte: »Es kann nicht sein, dass überhaupt keine Busse fahren. Ich komme doch auch mit öffentlichen Bussen hierher. Das ist kein Grund, sich aufzuregen oder gar böse zu werden.« Und wieder legte er fröhliche Musik auf! Idiotismus! So also reagiert unsere liebe Regierung – alles, sagen sie, ist gut. Musik und Lieder erklingen mittlerweile im Radio von morgens bis abends – früher gab es so etwas nicht. Die Preise steigen jeden zweiten Tag, und das Volk soll durch Lieder aufgeheitert durch die Straßen gehen. Im Fernsehen und Radio wird über die Preissteigerungen geschwiegen. Eier, zum Beispiel, werden fast jeden Tag teurer und Butter auch, das bei den alten Renten und Löhnen – und nichts, Schweigen. Ob das lange so weitergehen wird – niemand weiß das. Die Menschen bekommen monatelang kein Gehalt. In einigen Städten wird es einigen in Form von Wodka, anderen durch Telefonapparate oder sonst irgendwelchem Unsinn ausgezahlt. Manche verkaufen ihre Wohnungen und werden manchmal dabei betrogen, bekommen Kopeken oder überhaupt gar nichts – einen

Haufen Obdachlose gibt es jetzt. Und das Schrecklichste: dass uns eine Welle von Verbrechen überrollt hat, und es wird immer grausamer. An diesen »Feier«tagen anlässlich unseres großartigen Staates wurde um 3 Uhr nachmittags im Nachbarhaus einer Frau eine Tasche mit Lebensmitteln entrissen, als sie gerade die Haustür öffnete – und das ist nicht der erste Fall. Im Nachbareingang wurde eine alte Frau ermordet – sie waren ihr von der Sparkasse bis direkt zum Haus gefolgt, entrissen ihr die Tasche, die Alte begann nach Hilfe zu rufen, nun, da erschlugen sie sie eben. Geld und Lebensmittel und mittlerweile auch Kleidung, ja, danach wird gejagt. Wie es auch mit Nadjas Mann Wolodja aus Tosno geschehen ist! Er war nach der Spätschicht auf dem Weg von der Stadt nach Hause, schlief im Zug ein und erwachte in Ljuban, hatte wohl beschlossen, bei Bekannten zu übernachten (das tat er manchmal), ging über die Brücke, um die Gleise zu überqueren (die Bekannten wohnten 100 Meter von der Bahnstation entfernt), und

da kamen sie auf ihn zu. Geld hatte er fast keins, da schlugen sie ihn zusammen, zerstachen ihm das Gesicht, fesselten ihn ans Geländer, nahmen seine Stiefel und seine Mütze, die Jacke nicht. Und in Ljuban war Frost, –20 Grad. Morgens fand man ihn, die Miliz und erste Hilfe wurden gerufen, und man brachte ihn nach Tosno. Wobei es bei der Miliz noch ein langes Hin und Her gab, wer für den Fall zuständig ist, Tosno oder Ljuban. Nadja hatte versucht, ihn abends abzuholen, morgens wieder, dann begann sie bei der Miliz und in den Krankenhäusern anzurufen. Schließlich wurde sie angerufen – sie ging hin, er lag auf der Intensivstation. Aber nach ein paar Stunden ist er gestorben – hatte starke Erfrierungen, ja, und die Verletzungen waren schwer. Wolodja ist kürzlich 55 geworden, er verdiente gut, Nadja bekommt wenig, die Tochter Vera auch, aber immerhin arbeiten beide, sonst wäre es total schlimm. In Ljuban ist es der zweite Fall dieser Art, dass jemand zusammengeschlagen und gefesselt wird. Natürlich werden sie niemanden finden. Ja, und nach wem sollen sie auch suchen, wenn jetzt alle rundherum Schinder und Satanisten werden – offensichtlich ist bei uns in Russland der Weltuntergang bald da. Bald wird man nicht einmal mehr aus der Wohnung gehen dürfen. Im Radio sagen sie, man soll gute Türen einbauen und Schlösser, Überfälle in Wohnungen sind häufiger geworden. Hier wurde kürzlich bei Rosa Lewin im Aufgang im 2. Stock ein Mädchen ermordet, sie war 20 Jahre alt. Wie sie in die Wohnung gekommen sind, wissen wir nicht, aber sie schnitten ihr die Kehle durch und nahmen die gesamte Videotechnik mit. Ein Albtraum! Schlimmer als in Amerika ist es jetzt hier. Auf dem Bogatyrski Prospekt bei der Sorina im Haus wurde die Tage im Treppenaufgang ein 8-jähriges Mädchen mit abgeschnittener Zunge gefunden (die Mama hatte sie zum Spielen in den Hof gelassen). Man sagt, es ist schon wieder irgendein Serientäter unterwegs. Es gab noch so einen grausamen Fall mit einem anderen Kind auch dort auf dem Bogatyrski Prospekt. Aber es ist ja auch ein Risiko, Kinder in diesem Alter allein rauszulassen, so eine Verantwortungslosigkeit. Kurz, im Radio Musik für die Seele, im Fernsehen tanzen nackte Weiber, oder sie jagen Erotikfilme durch oder zeigen die ganze Zeit unsere Regierung – wie sie arbeitet. Also, dem neuen Jahr 1999 möchte man gar nicht begegnen – völlig ungewiss, was es bringt. Die Stimmung ist nicht besonders, nicht jedem gelingt etwas. Aber manche blühen auf – wie unsere Nachbarn. Sie haben sich einen neuen BMW gekauft, Lisa hat jetzt schon die fünfte Wintermütze (so eine, die Papa auch für dich erwerben will, Wildleder mit Pelz), geht im kurzen Pelzjäckchen und in blauen, eng anliegenden Leggins. Bei ihnen ist alles super. Luda Makarowa, die Liebenswürdigkeit in Person, greift sich immer noch jeden im Hof und führt lange Gespräche, besonders mit Männern. Dimuschka hat einen neuen pelzgefütterten Ledermantel und Mütze. Der Junge macht angeblich wie vormals Geschäfte mit Schokoriegeln und Pepsi-Cola in den Kiosken!

Also, dem Volk geht es unterschiedlich und Abscheulichkeiten kommen zum Vorschein, von allen Seiten und aus allen Ritzen. Das ist kein Leben, sondern irgendein Vegetieren. Zu alledem sollen die vor die Tür gesetzt werden, die die Miete nicht bezahlen können. Aber wovon sollen viele sie bezahlen, wie die Obraszowa, wenn sie saubere 300 Rubel netto bekommen. Und selbst die nicht mal jeden Monat. Essen muss man und zur Arbeit fahren muss man, was nicht jeder umsonst kann – kurz, es läuft Sodom und Gomorrha. Der Frost kommt, jetzt ist es noch warm, –3 Grad, und ich sitze schon zwei Tage zu Hause. Kurz, ich warte, bis die Wintermonate endlich zu Ende gehen. Obwohl, im letzten Jahr war der April sehr kalt, mit Schnee, ja und der Mai war auch nicht besonders, und der Sommer war insgesamt regnerisch. Wegen dieses Sommers sitzt du jetzt ohne Himbeermarmelade da. Ich küsse dich, Mama.

1999

10. 1. 1999

Teure Verunja!
Ihnen einen Gruß aus St. Petersburg! Aus dem kalten und hungrigen! Großen Dank für die leckeren Geschenke – sie kamen gerade recht! Schade, dass es nur zwei Rosinenstollen waren, nicht einmal Großmutter haben wir einen gebracht. Alles aufgegessen, das glaubt man nicht!

Jetzt zu den Briefen! Wir waren sehr froh, von Verunja interessante Briefe zu bekommen, besonders den letzten. Du liest ihn und möchtest sofort dort sein! Und guten Fisch essen und spazieren gehen. Sehr schade, dass es mit der Fahrt nach Dänemark nicht geklappt hat – man muss sich merken, wohin man ein Visum braucht, sonst ist das sehr gemein! Schlecht, dass Kiel so weit von Berlin entfernt ist – ein bisschen beschwerlich, dort hinzukommen, sogar mit dem Auto. Wie hält der arme Marc solche Fahrten nur aus? Wahrscheinlich kommen die bei ihm nicht oft vor! Das Häuschen von Marcs Eltern ist sehr schön, aber das Haus der Nachbarn ist zu nah – tatsächlich kein Zaun. Interessant, ist das dort ein Dorf oder ein Vorort? Die Fotos hätten von weiter weg gemacht werden müssen, damit man eine Vorstellung bekommt. Das Wichtigste ist, dass es eine Sauna gibt – wodurch unterscheidet die sich von einer Banja? Kann man sich da aus einem Bottich mit Wasser übergießen? Oder gibt es eine Dusche? Ich war noch kein einziges Mal in einer Sauna, deswegen hab ich keine Ahnung, aber eins ist sehr bequem – einschalten und 30 Minuten später kannst du rein, wie im Märchen!

Die Toilette ist dort natürlich nicht im Hof wie bei uns? Und gibt es eine Wanne? Hätten wir es doch so! Und wie steht es mit dem Kamin? Ist der besser als unser Ofen? Im Vergleich zu der Datscha in Siwerskaja sieht alles herrlich aus, nehme ich an. Bei uns kann man sich nicht einmal waschen, wie es sich gehört. Übrigens, vor vielen Jahren gab es auch bei uns im Fluss Oredesh viele Forellen, aber jetzt nicht mehr. Ich hoffe, dass sie da in dem Fluss bei Marcs Eltern nicht aussterben. Wie lange fährt man von dort aus nach Hamburg? Wir haben auf die Karte geschaut, ich dachte irgendwie, dass Kiel an der Nordsee liegt, denn als du mit Sascha dort warst, seid ihr doch an die Nordsee gefahren. Ja, das Leben dort ist überhaupt nicht spaßig, wenn ständig so starker Wind mit Windstärke 7 ist wie in Spanien. Obwohl es am Meer ist, aber das hat man bald satt. Wie viel Grad sind dort im Januar? Obwohl, anscheinend warm, auf den Fotos ist Grün, ohne Schnee!

Gut, dass du nicht in Berlin geblieben bist, dort ist nicht viel mit Spazierengehen, höchstens in den Parks. In Deutschland (ja und nicht nur dort) ist es üblich, die Weihnachtstage mit der Familie und den Freunden zu verbringen (möglichst in der Natur), hier ist das nicht sehr verbreitet. Und auch Tannen kaufen hier nicht alle – sie sind teurer geworden, und die, die auf den Weihnachtsbaummärkten übrig bleiben, werden nicht mehr umsonst weggegeben, sondern verbrannt oder zurückgebracht, natürlich nicht in den Wald, sondern auf den Großmarkt, für die Abrechnung. Gut haben es die, die künstliche haben, doch wir haben seinerzeit keine gekauft, es war keine aufzutreiben, und eine silberne (wie in den Geschäften) wollten wir nicht – jetzt bedaure ich das.

Wir hatten dieses Jahr keine Tanne und das Essen schlicht russisch (wie auch im letzten Jahr) – Hering, gekochte Kartoffeln, Wurst. Aber Wein hatten wir aus Spanien (den du mitgebracht hast, sehr lecker, schade, dass es nur eine Flasche war). Zu Großmutter beschlossen wir nicht zu fahren. Dort zu übernachten ist unangenehm, ja, und vor dem Fernseher sitzen mag Papa nicht. Am Vorabend rief die Wolkowa an und empörte sich, dass wir Großmutter an Neujahr allein hängen lassen, dass das unanständig sei, und dann sagte sie, wir hätten sie ja auch zu uns einladen können. Auf der Straße ist Glatteis, besonders bei uns im Hof – kein Hinkommen zur Haltestelle. Papa wollte mit der Wolkowa schimpfen, doch dann überlegte er es sich anders. Aber die Laune hatte sie ihm verdorben.

Großmutter hat Neujahr mit der Nachbarin aus der Wohnung Nr. 8 verbracht, sie saß dort ein Stündchen, danach sah sie zu Hause fern und legte sich um 3 Uhr schlafen. Am 1. gingen wir zu ihr. Papa schleifte mich unterm Arm zur Haltestelle, auf der Sawuschkin Straße war es mit dem Glatteis schon besser, und auch der Hof bei Großmutter ist nicht so furchtbar. Wir saßen, ich wollte die Gläschen holen (Papa hatte ein ganz klein bisschen kognakartigen Alkohol), aber Großmutter ging demonstrativ selber. Es gab Rote-Bete-Salat, Piroggen und Schokoladengebäck. Wir saßen, dann schauten wir *Aschenputtel* und fuhren dann nach Hause, denn Papa kann nicht ruhig auf einem Fleck sitzen. Es ist nichts Schreckliches passiert, sonst wäre es eine einzige Quälerei gewesen. Wir schenkten Großmutter eine Teflonpfanne (aber sie benutzt sie nicht) und Mandarinen. Sie schenkte mir Socken und Papa Unterhosen Größe 48 (Größe 50 wäre besser gewesen, aber Großmutter erschienen sie zu groß). Sie passen Papa gerade so, das Gummi muss ausgewechselt werden, es ist wie für eine Puppe. Kurz, dein Geschenk ist das allerbeste, genau zur rechten Zeit!

Ich war das letzte Mal am 5. Januar auf der Straße, als ich dein Päckchen geholt habe. Abends fuhr ich auf den Bogatyrski Prospekt (einkaufen und in die Bibliothek) – als hätte ich es gespürt (obwohl Papa mich überreden wollte, nicht abends zu fahren): Am nächsten Tag begannen Schneestürme, dann Frost, dann Regen und wieder furchtbares Glatteis. Heute ist Schneesturm, –20 Grad, das Glatteis ist zugeweht. Ich sitze und warte, bis diese Schweinerei vorbei ist, obwohl ich schon längst in zwei Bibliotheken müsste – ich hab viele Bücher ausgeliehen, aber die Hälfte ist uninteressant, ich kann sie nicht lesen. Sie haben jetzt bis zum 4. Februar Frost versprochen – wenn doch der Schnee aufhören und der Frost weniger würde! Denn so ist mir in meinem Herbstmantel kalt, und wenn man viel drunterzieht, kann man die Arme nicht heben, es ist total eng. Ein Albtraum. Papa geht und friert, obwohl er die amerikanische Jacke mit Kapuze trägt. Es ist sehr starker Nordostwind, Windstärke 4. Besonders beschwerlich ist das Stehen an den Haltestellen. Großmutter

friert draußen nicht so, zieht nicht einmal viel unter ihrem Mantel an, alle Achtung! Sie rennt bei jedem Wetter rum, geht ständig Brot holen, ja bei ihnen werden auch die Straßen sehr gründlich geräumt – nicht so wie bei uns, wir müssen uns bis zum Bus schleppen, sehr langsam. Das alles nervt furchtbar. Papa ist auch verärgert, dass der Frost noch so lange bleiben wird. Gut, dass er am Samstag auf die Datscha gefahren ist. Erst wollte er nicht, aber ich habe ihn überredet, obwohl Glatteis war, aber +4 Grad. Bei unseren Nachbarn haben sie fast den ganzen Aluminiumzaun abgebaut und weggetragen, man kann Edelmetalle jetzt abgeben – offensichtlich die dortigen Obdachlosen. Papa hatte im Dezember am Eingang neue Stufen aus Zement gebaut, aber bald schlug der Frost ein – und jetzt sind sie alle aufgeplatzt. Er ist verärgert, weil er sich lange mit ihnen abgemüht hat – und alles ist im Eimer. Jetzt müssen wir über schartige Stufen gehen. Ein Geländer muss noch gebaut werden, Papa hat das schon längst ver-

sprochen. Mein Liebling Wassja kam dort übrigens angerannt, er humpelt fast nicht mehr. Als Papa ein bisschen ausruhen wollte, legte er sich bei ihm auf die Brust, schaute ihn lange an und schnurrte. Großmutters Ryshik war nicht da, deswegen bekam Wassja das gesamte Essen. Den ganzen Tag rannte er hinter Papa her und beobachtete ihn bei der Arbeit: Er war sehr verstimmt, als die Zeit kam, sich zu verabschieden, er begleitete Papa bis zur Pforte. Der arme Kater war ganz verraucht, das Fell roch nach Qualm. Spaßvogel!

Heute sah ich Oksana auf der Treppe. Ich erzählte ihr von dem neuen Telefon. Als wir dort so redeten, sagte ich: »Hier im Treppenhaus wird jetzt ständig geklaut, auch bei uns gab es gestern einen Diebstahl.« Sie reißt die Augen auf und fragt: »Ja, was kann man denn bei euch schon im Treppenhaus klauen?« – »Na, was wird denn überhaupt bei allen im Treppenhaus geklaut?« – »Ich weiß nicht. Ich habe keine Vorstellung!« – »Sicherungen, natürlich.« – »Bei uns ist nichts weggekommen.« Ein Albtraum. Vorgestern ging ich um halb fünf Uhr morgens schlafen, und um halb acht musste ich zur Toilette, drücke auf den Schalter, und kein Licht. Irgendein Schwein hatte es innerhalb von drei Stunden geschafft, alle Sicherungen rauszudrehen! Eine mit 10 Ampere war dabei (für die Waschmaschine, Papa ist zu faul, sie immer rauszudrehen, ich hatte es ihm gesagt!). Der Teufel soll sie alle holen. Nach dem Gespräch mit Oksana war ich verärgert, beinahe hätte eine Depression angefangen. Schon so ist die Kälte in der Wohnung furchtbar, und dann kriecht hier noch die ganze Ehrlosigkeit in Form der lieben Nachbarn rum. Papa hat irgendwie auch nicht mehr so ein gutes Verhältnis zu ihnen wie früher. Alles ist beengt, bedrückt, keine Luft zum Atmen, wie in einer Mausefalle. Siehst du, bei Großmutter ist niemand im Treppenhaus zu sehen, eine helle Freude. Mir fällt gerade ein, dass Papa in der Zeit, wo das mit den Sicherungen war, bei dir in Berlin war. Es war genau so ein Frost wie jetzt. Und wie im vorigen Jahr saß ich genauso tage- und nächtelang in der Küche, das Gas brennt rund um die Uhr. Ich schließe die Tür zur Küche (vom Treppenhaus kommt irgendetwas Grauenhaftes herein, ein eisiger Atem). Es geht mir total schlecht: Die Unterarme und Schultern fangen an zu schmerzen, als würde ich sie in kaltes Wasser tauchen – so macht sich Osteoporose bemerkbar. Ein Albtraum! Ich habe schon früher den Winter in dieser schrecklichen Wohnung nicht ausgehalten, aber jetzt geht es gar nicht mehr. Ich möchte in Florida leben! Da ist es schön!

21.1.

Papa war heute nicht in der Akademie. Er fuhr ins Institut. Dort ist der ganze Lehrstuhl an Grippe erkrankt, bei uns geht eine Epidemie um, sehr viele Bekannte haben sie schon überstanden. Im Radio raten sie davon ab, sich an Orten mit Menschenansammlungen aufzuhalten, und wo bitte sollen sich die Dozenten und Studenten hintrollen? Interessant. Und in der Metro, besonders auf der Wassiljew-Insel, was soll man da machen! Ich rate Papa, es doch wenigstens ein Mal zu versuchen, anders dort hinzufahren – am 22. Dezember wurde eine neue Linie eröffnet, in der Nähe der Schkolnaja Straße, beim Friedhof. Da muss man natürlich irgendwie hinkommen (dort fährt der 40er-Trolleybus und der 93er-Bus). Kurz, man muss schauen, aber wie du dich auch drehst und wendest, ein Umsteigen nach dem anderen. Papa wurden in der Metro schon zwei Kugelschreiber zerstört – er steckt sie ewig in die Brusttasche des Sakkos; wir mussten neue kaufen. Dieses Gedränge in der Metro rührt mich geradezu – war es denn etwa nicht möglich, vier Rolltreppen zu bauen? Besonders auf der Wassiljew-Insel, wo es so viele Unternehmen gibt und die Fahrgäste in alle Richtungen strömen. Wenn ich in die Bibliothek will – einfach ein Albtraum. Ich fahre über den Wosstanija Platz. Da sind Massen, besonders jetzt, wo bei uns alle Metrostationen vor den Rolltreppen mit Drehkreuzen ausgestattet worden sind, wie beim Pförtner in einer Fabrik. Die armen Leute mit Säcken, Wagen und Kindern beschimpfen die Diensthabenden auf vulgäre Art. Es kommt zu Staus und Gedränge. Das wird alles deswegen gemacht, damit niemand mit gefälschten Fahrscheinen durchkommt, viele werden gefasst. Tja, kluge Menschen fahren mit dem Auto, die Straße zu überqueren wird jetzt immer schlimmer und schlimmer. Die Leute fahren mit hoher Geschwindigkeit bei Rot, zudem scheren sie auf die Gegenfahrbahn aus. Und all die »Schlechtos« in ihren Westautos, abscheuliche fette Fressen. Die würde man mit Vergnügen aus nächster Nähe mit einem Maschinengewehr erschießen. Selbst wenn du hier an der Paraschutnaja Straße aus dem Bus steigst, stehst du lange (drei Spuren!), um beim Fußgängerübergang rüberzukommen. Die Schweine fahren an einem Stück, wie eine Horde Wildschweine – ekelhaft ist es, das alles anzuschauen. Es ist in Mode gekommen, mit dem eigenen Auto zur Arbeit zu fahren (wie im Westen) – sogar das arme Volk erwirbt für 1000 Dollar alte Autos. Deswegen werden wir bald durch die Abgase vergiftet. Ob sie ein Auto brauchen oder nicht, alle gurken rum. Da muss man doch einfach an Großvater Semjonytsch denken, wie er mit dem Auto nur auf die Datscha rausfuhr – und niemals in der Stadt (zu dieser Zeit bemitleidete man Autos und stellte sie zum Winterschlaf in die Garage). Und wenn wir in den Süden fuhren, waren wenig Autos unterwegs, und die Leningrader grüßten sich mit der Hupe. Hinter dem Steuer saßen vornehmlich solide Leute, gebildete, und sie fuhren streng nach den Regeln. Früher wurden viele beneidet, die ein Auto hatten, und jetzt ruft das nur noch Verärgerung und Erbostheit hervor – wozu sollte man zum Beispiel Lisa und

Co. beneiden? Dass sie jedes Jahr ein neues Westauto haben und mit stolzer Visage über den Hof gehen? Ihre Freunde haben sich alle auch schon vor langer Zeit schicke Autos angeschafft – es flimmert nur so vor den Augen, und du weißt nicht, ist es ein BMW, ein Audi oder ein Volvo? Teufel noch mal!

Das Wichtigste ist, dass ich kürzlich (am 17.) in die Zentralbibliothek wollte. Es war schon sehr spät (15 Uhr). Ich beschloss, das gelbe Telefon aus der Küche zu greifen, um es, wenn noch Zeit bleibt, in die Rasesshaja Straße am Ligowski Prospekt zur Reparatur zu bringen. Ich kam um Viertel vor sechs aus der Bibliothek, rannte zum 10er-Trolleybus, fuhr bis zum Moskauer Bahnhof und dann mit der Straßenbahn. Ich galoppierte um 18.25 Uhr dort an, um 19 Uhr schließen sie.

Ich gebe dem Techniker Borja das Telefon, er rät mir, zu warten. Ich setze mich. Da fällt mir ein, dass ich doch kürzlich mit einer Natascha telefoniert habe – sie sitzt hier beim Verkauf von Telefonen.

Ich ging in den Verkaufssaal, ich schätze, da waren ungefähr hundert Telefone – und solche schönen und billigen. Eins mit automatischer Nummernanzeige des Anrufers allerdings kostete 650 und ein Funktelefon 1400 Rubel. Da steht eine Dame im Pelzjäckchen und kauft ein englisches Telefon für 300 Rubel. Mir fiel ein, dass Natascha am Telefon gesagt hatte, dass es ein deutsches Telefon *Kompakt* gibt, eins nur mit Hörer für 200 Rubel. Ich bat sie, es mir zu zeigen, sehr originell, umso mehr, als dass nur eure Deutschen das Rätsel gelöst haben, in einen eckigen

Hörer eine runde Sprechmuschel einzubauen! Ich probierte es aus und dachte nach. Da rief der Meister, dass das gelbe Telefon fertig sei, die Reparatur kostete 70 Rubel. Ich sagte »ach«, aber er erklärte, dass er eine elektrische Membran eingesetzt hat, denn eine mechanische würde in einem Monat wieder anfangen zu knacken. Ich werfe mich wieder auf die schneeweiße deutsche Schönheit, Natascha flüstert mir zu und zeigt dabei auf die Dame im Pelzjäckchen: »Dumm von ihr, das englische zu kaufen, die sind schlecht. Besser ein Siemens.« Ich hatte 500 Rubel im Portemonnaie + 100 Rubel für Fisch. Ich dachte, die Zeit läuft, rufe vom Siemens zu Hause an, Papa nicht da, rufe die Sorina an – sie rät zum Kauf. In diesem Moment erscheint ein Mann, sieht mein Telefon und sagt: »Ich nehme es.« Natascha erklärt ihm höflich, dass ich die

Erste bin. Und das zweite Telefon, das Letzte, ist bei der Direktion und wird erst ab morgen verkauft. Ich greife die 200 Rubel + 70 Rubel und renne zur Kasse. An diesem Preis haben wir uns beide festgebissen, der Mann und ich. Ist doch billig, ja und mit Speicher für alle Nummern, aber die Gebrauchsanweisung ist auf Deutsch.

Ich fuhr nach Hause, ging bei der Sorina vorbei und zeigte es ihr, es gefiel ihr. Und Sascha sagte: »Das machen die Faschisten nicht schlecht.« Natürlich, die Sorina hat ein sehr feines Funktelefon, aber Papa würde so eins nie kaufen. Im letzten Jahr kostete es 500 bis 600 Rubel. Witja im 4. Stock hat auch ein Funktelefon, und es klingelt so laut, dass es bei uns zu hören ist – gut, dass das selten ist. Kurz, ich kam in die Wohnung und teilte Papa die Neuigkeiten mit. Was da los war! Geschrei und Lärm! Besonders wegen des gelben Telefons.

Papa schloss alle Telefone an, ich rief Nadjeshda Petrowna um 12 Uhr nachts an und bat sie, uns anzurufen. Wir warteten, nichts. Papa nahm das deutsche weg, schloss wieder unser jetziges an, es klingelt, er schloss das gelbe an, wir warten, wieder nichts. »Warum hast du diesen elektrischen Schund in das gute Telefon einbauen lassen?« Und alles in dieser Art. Morgens wieder eine Kontrollprüfung, jetzt die Sorina, das gelbe schweigt.

Papa rief in der Werkstatt an. Meister Borja war verärgert und sagte, dass wir die Kabel prüfen sollen. Wenn die in Ordnung seien, könnten wir das Telefon zurückbringen. Papa schrie so, dass es selbst im 9. Stock zu hören war. Im Endeffekt prüfte er die Kabel noch einmal, eins hatte sich ein wenig gelöst – und das gelbe funktionierte wieder. In diesem Moment sagte die Sorina, dass jetzt alles sehr gut zu hören ist. Hurra! Ich kann jetzt von der Küche aus telefonieren!

Das deutsche haben wir bisher nicht angefasst. Soll es ruhig erst einmal im Abstellschrank stehen! Ein paar Tage vorher, am 15. Januar, habe ich das singapurische Invalidentelefon (das die 7 immer doppelt wählte) in die Karl-Marx-Straße gebracht. Michail Wassiljewitsch hat es mir für 36 Rubel repariert. Ich trug es nach Hause, unpassenderweise fiel es mir im Flur mit Gepolter herunter. Aber eine halbe Stunde lang funktionierte es hervorragend. Dann begann es wie ein Hooligan zu toben: 6, dann 9, dann 6. Und der Speicher funktioniert schon lange nicht mehr, der elektronische Schaltkreis müsste ausgewechselt werden (schlecht, dass man keinen parallelen einbauen kann). Ich habe Michail Wassiljewitsch diese Woche angerufen, er sagte, dass ich am Montag kommen soll. Aber das bringt nichts, es wird wieder genau eine halbe Stunde funktionieren – Borja auf dem Ligowski Prospekt sagte, dass diese Telefone schlecht sind. Bei Oleg und Oksana hält es schon zehn Jahre! Kurz, wir haben beschlossen, das Siemens bei Papa aufzustellen, direkt auf den Tisch, da ist ein langes Kabel. Wir werden sehen, was dabei herauskommt! Ja, das beschäftigt uns, die Nerven liegen blank.

Ich hab neulich meine Mascha-Hundeärztin angerufen. Sie hatte mich Anfang des Jahres angerufen, sie dachte, Papa und ich sind zusammen zu dir gefahren. Letzten Juni hat sie einen Deutschen kennen gelernt, er war dienstlich hier. Er wohnt in Berlin, heißt Thomas Korf, ist 26 Jahre alt (sie wird im März 30) und arbeitet im Ministerium! Er wollte ihr dann für Juli ein Visum beschaffen, aber er hat es hinausgezögert; da hat sie eine Reise nach Tschechien gemacht. Jetzt, im September, möchte er mit seinem Bruder herkommen, und sie fährt, wenn er ihr ein Visum beschafft, mit den beiden zurück. So ist es bisher geplant. Er hat ihr ein Buch über Berlin geschenkt.

Früher war sie doch deinem Auslandsaufenthalt gegenüber sehr voreingenommen und vergaß sogar immer, in welcher Stadt du bist. Und nun fragte sie sofort, wie es Vera geht. Ich habe ihr in aller Kürze berichtet, dass Euer Exzellenz auf den Koffern sitzt, und da erzählt sie mir die Geschichte.

Also, wenn dein Bekannter zurückfährt, dann muss er von Mascha einen Brief und ein Geschenk für Thomas mitnehmen. Sie wollte die Sachen mit der Post schicken, aber ich habe sie davon überzeugt, dass es besser ist, die Sachen persönlich überbringen zu lassen – und außerdem kam mir der geheime Gedanke, dass du mit Thomas reden musst. Er arbeitet, ich weiß nicht als was, dort im Finanzministerium, vielleicht erzählt er etwas Nützliches von der Arbeit und kann dir irgendeinen Ratschlag geben. Auf jeden Fall musst du ihn kennen lernen – vielleicht ist er ein guter Mensch, vielleicht auch nicht. Man muss es versuchen. Mascha versprach, hierher zu kommen und Fotos zu zeigen. Sie sagt, er sieht gut aus, obwohl er nicht sehr groß ist, 1,75. Sie hatte zuerst nicht gemerkt, dass er Ausländer ist, sie haben sich in der Metro kennen gelernt.

Mascha ist ein hartes Mädchen, selten lächelt sie, aber diesmal erzählte sie fröhlich, lachte – ich war wirklich erstaunt! Auf jeden Fall fand ich es interessant. Irgendwie sind die Deutschen in Mode gekommen, sogar in New York gehen sie gut.

Ich küsse dich. Schreibe ausführlicher, was du so machst. Uns interessiert alles, sogar Kleinigkeiten. Mama

1. 10. 1999

Verunja, guten Tag!
Bisher haben wir keinen Brief von dir bekommen. Wir wissen nicht, ob er vielleicht am Samstag kommt. Ich würde so gern die Fotos sehen und dir schreiben, welchen Eindruck sie auf mich machen.

Nun zur Datscha. Schade, dass der Sommer vorbei ist, Papa hat schon die Fenster in der Veranda zugenagelt, Dunkelheit, und zu allem wird manchmal der Strom abgeschaltet, du sitzt da wie eine Kröte. Und kalt ist es dort. Die lieben Kater verhalten sich empörend, Ryshik macht dem armen Wassja ständig Ärger. Einmal hatte Wassja beschlossen, sich von seinen Alltagssorgen in Großmutters Lieblingssessel auszuruhen, dort aber schläft gewöhnlich Ryshik. Der läuft also zum Sessel, stellt sich auf die Hinterpfoten, geht mit seinem Gesicht nahe an Wassjas Schnäuzchen und brüllt los, damit der weggeht. So musste Ryshik weggejagt werden, damit Wassja zu seinem Schlaf kam. Der hatte hier vorher wie ein Hooligan getobt: Als Papa Möhren in die Kiste packte, kam er und pisste dorthin, genau wie mein anderer Wassja in der Stadt – der hat das auch gern gemacht. Danach schritt Wassja über die Tische und suchte, was es zu essen gab. Aber er isst weniger als der rote Ryshik. Solange wir noch rausfahren, werden die Katerchen satt sein, später dann beginnt für sie wieder das Fasten. Schade, dass sie sich prügeln und ein friedliches Miteinander gar nicht möglich ist, sie sind doch beide gut! Kürzlich habe ich Wassja mit Wasser übergossen, um eine Schlägerei zu beenden, und Großmutter sagte, ich solle *ihren* Ryshik nicht berühren, obwohl er auch manchmal etwas nötig hat wegen seiner Gier. So fröhlich vergehen dort die Tage.

Papa ist besorgt, dass du zu wenig an der frischen Luft warst. Vielleicht wirst du ja nächstes Jahr ein bisschen länger auf der Datscha sein. Papa möchte doch immer so gern mit uns zusammen spazieren gehen, aber ständig kommt etwas dazwischen. Und du kannst Papa dann helfen, etwas zu machen, ich habe ihm auch geholfen, auf der Datscha Platten zu sägen. Die Zimmer jedoch haben wir seit langem nicht geputzt, überall Staub auf dem Fußboden unter den Betten, wir müssen unbedingt vor dem Winter alles aufräumen und putzen. Wenn Papa aus Schweden zurückkommt, fangen wir mit dem Putzen an. Obwohl er keine Zeit hat, die Äpfel müssen eingesammelt werden; es sind Berge!

Hier ist heute im Fernsehen ein Psychoanalytiker aufgetreten, der sagte, dass junge Frauen, die nicht heiraten wollen, kranke Menschen sind und sich behandeln lassen müssen. Es kam zu einem einstündigen Disput mit den

Zuschauern. Ein Genosse trat vor und sagte, dass er 28 ist, er hätte noch nie eine Frau geliebt und möchte das auch nicht tun – und überhaupt, das führt alles zu nichts, denn Liebe – das ist eine Krankheit wie Alkoholismus, Drogenabhängigkeit und Schizophrenie. Der Psychoanalytiker war schockiert, er bekam sogar einen Schluckauf. Der Bursche sagte noch, dass er Freunde in Irkutsk hat. Die sind verheiratet, aber sie haben eine Beziehung wie wahre Freunde, und sie denken auch, dass man genau so leben muss, keinerlei Liebe, nur Freundschaft, und so sollten alle leben. Kurz, der Bursche sah irgendwie merkwürdig aus, besonders der Blick. Alle kicherten, aber er sagte, dass das überhaupt nicht komisch sei und all das die Wahrheit. Also, du siehst, was für Sendungen hier bei uns im Fernsehen gezeigt werden! Ein Grauen!

Gestern sprach ich mit meiner Mascha – ihr Thomas fährt am 10. Oktober! Er kam am 12. September angeflogen, fuhr gestern nach Moskau und kommt dann wieder nach Leningrad. Sie haben alles Mögliche angeguckt, und in Peterhof hatte er eine Überraschung für Mascha: ihr Visum für Berlin. Wenn alles klappt, fährt sie am 17. Oktober für zwei Wochen. Er möchte, dass sie für immer nach Berlin kommt. Aber sie kennen sich kaum – im letzten Jahr haben sie sich ungefähr fünf Tage gesehen und in diesem auch, obwohl er sagt, dass er sie liebt. Mascha hat beschlossen, erst mal zu fahren – sie wird sich die Lage ansehen, sie ist doch schon 30, hatte einen Bräutigam (zehn Jahre waren sie mit Unterbrechungen zusammen, zu allem hätte sie beinahe im letzten Jahr ein Kind von ihm gekriegt, aber es hat nicht geklappt, eine Fehlgeburt). Er ist vor einem halben Jahr gestorben, gut, dass sie nicht allein mit einem Kind zurückgeblieben ist. Der Zweite war so lala und der Dritte impotent. Also ist das die letzte Variante, aber sie kann kein Deutsch. Sie hat hier eine gute Arbeit, stell dir vor, sie fährt dorthin, womöglich klappt dort nichts, sie kommt zurück, und dann wird es bestimmt mit einer Arbeit problematisch. Zu allem ist ihre Mutter eine kranke Frau, liegt immer mal wieder im Irrenhaus, allerdings ist sie nicht bösartig, aber sie zerreißt alle Papiere und Dokumente. Noch dazu wohnen sie beengt in einem Zimmer, im zweiten lebt die Schwester der Mutter mit ihrem 18-jährigen Sohn. Also, Mascha ist an einem Scheideweg. Thomas hat dort in Berlin ein Zimmer, in derselben Wohnung wohnen noch andere junge Leute, eine Art Kommunalwohnung. Er arbeitet als Programmierer im Wirtschaftsministerium. Er sagte, dass er, wenn er heiratet, mehr Geld kriegt – bei euch gibt es dort angeblich solche Gesetze. Er möchte Kinder und ist Blutspender. Es stellte sich heraus, dass er im November 28 wird (Skorpion wie Anja). Mascha will im Hafen fragen, ob man sie von hier aus umsonst (gegen ein Geschenk) auf einem Dampfer mitnimmt oder auf einem anderen Schiff. Sie hat Angst (wenn sie sich denn entscheidet, dorthin zu gehen, aber ich denke, das wird nicht eher als in einem Jahr sein), weil sie in Berlin keine Bekannten hat, und auch finanzielle Abhängigkeit ist schlecht, und sie befürchtet auch, dass sie Schwierigkeiten mit der deutschen Sprache haben wird.

Lena Lipkos Alisa ist aus meinem lieben Bremen fünf Tage früher als geplant wiedergekommen – es hat ihr dort nicht gefallen. Martin war sauer auf sie und hat sie nicht einmal zum Flughafen gebracht, sondern einen Fahrer geschickt. Er hat eine vierstöckige Villa im Stadtzentrum, sie waren in Cafés und Restaurants, er selber kann nicht kochen, er hat für sie Pommes frites gemacht. Einmal bat sie ihn, irgendwelchen Fisch zu kaufen, da kaufte er Hering (?!). Dann führte er sie in ein Geschäft, in dem alle Verkaufstische mit Käse zugeschüttet waren, und forderte sie auf, auszusuchen. Sie hat doch keine Ahnung, alles auf Deutsch. Sie war beleidigt und kaufte nichts. Die Abende verbringen die Bremer draußen in Straßencafés, trinken ein Bier in vier Stunden und beobachten die Vorübergehenden. Sie hatte das alles satt, außerdem ist er ein Langweiler (42 Jahre alt), und da beschloss sie, abzureisen. Sie möchte sich sogar in Leningrad nicht mehr mit ihm treffen. Sie hat sich dort im zentralen Kaufhaus eine Tasche aus Stoff mit Krokodilmuster gekauft, sehr hübsch, und weiße Turnschuhe, er kaufte ihr zwei Pullover und noch eine Hose. Hier wurde sie dann von ihrem verheirateten Liebhaber Aljoscha am Flughafen abgeholt (ihm hatte sie gesagt, sie fährt zu Bekannten). Sie wollte von Anfang an nicht fahren, aber Lena hatte sie überredet. Kurz, jeder hat die Sommermonate auf seine Art verbracht! Kuss, Mama

2000

11. 1. 2000

Guten Tag, liebe Verunja!

Vielen Dank für deinen Neujahrsbrief – wir haben ihn mit Vergnügen gelesen, er ist sehr interessant und ausführlich. Wir lieben lange Briefe – du beschreibst in ihnen alles sehr gut. Schreib doch noch mehr über deine Bekannten und wohin du so gehst. Das nur nebenbei. Im Prinzip warten wir ständig ungeduldig auf Briefe; ich lese sie dann immer mehrfach. Du schreibst schön und korrekt – du lebst doch jetzt schon so lange dort und sprichst in einer anderen Sprache und hast wenig mit Russen zu tun. Alle Achtung!

Ich wollte dir von Neujahr schreiben, vielmehr, wie wir es gefeiert haben. Ich hatte mir Notizen gemacht, habe sie aber verloren, deswegen kann ich alles nur ungefähr beschreiben – man vergisst so viel. Ich erinnere mich nicht einmal mehr, was wir am Silvesterabend gegessen haben, wohl Huhn – Hering hatten wir nicht, aber Rote Bete. Ich habe sie einfach gerieben und mit Sauerkraut und Kartoffeln gemacht (für mich), Papa aß sie als Vinaigrette (wie immer). Und um Mitternacht tranken wir deinen Amaretto (vielmehr den, den Arthur und Markuschka uns geschenkt haben) und aßen Mandarinen. Papa ging früh schlafen (um halb zwei), ich saß bis halb sieben (in der Küche). Im Fernsehen habe ich gesehen, wie in europäischen Hauptstädten Millennium gefeiert wurde. Sie haben auch Berlin gezeigt. Es war dort sehr neblig. Ich konnte das Brandenburger Tor kaum erkennen.

Lena Lipko hat ihren Mann gegen 1 Uhr ins Bett geschickt, sie selbst lag dann auf dem Sofa und hat bis halb sieben ferngesehen wie ich (glücklicherweise steht der Fernseher nur einen Meter von ihrem Sofa entfernt – das hätte ich auch gern). Ihre Tochter war bei Freunden. Die Hunde schliefen. Also haben Lena und ich Neujahr sehr ähnlich verbracht. Zum Glück war es ruhig, nur bin ich bis morgens durch die Knallerei immer wieder zusammengezuckt.

Bei Großmutter war die Wolkowa zu Besuch, sie wollten bis 2 Uhr zusammensitzen, haben sich aber geirrt und saßen bis 4. Dann legten sie sich schlafen, die Wolkowa ist erst am nächsten Tag nach Hause gefahren. Sie hatte Sülze und noch irgendetwas mitgebracht. Großmutter hatte Piroggen mit Kohl gemacht.

Wir waren erst am 1. Januar bei Großmutter eingeladen, haben dann aber beschlossen, am 7. zu ihr zu gehen. Wir haben ihr Seife und Geschirrspülmittel geschenkt – sie hatte gesagt, dass sie keine großen Geschenke will. Früher haben wir ihr immer Geld geschenkt, aber dieses Jahr war Papa irgendwie nicht darauf gekommen, und ich hatte vergessen, ihn daran zu erinnern – trotzdem war Großmutter ganz zufrieden. Sogar Piroggen hat sie uns mitgegeben. Und von ihrer Sülze. Wir hatten Wein der Marke *Weißer Herbst* mitgebracht, trockenen, sehr leckeren. Also saßen wir nett zusammen – es gab Huhn, aber sie haben vergessen, mir etwas zu geben, ich habe erst zu Hause gemerkt, dass ich keine warme Hauptspeise gegessen hatte, denn ich bekam plötzlich Hunger. Papa hat mich lange ausgelacht.

Kurz nach Neujahr habe ich die Sorina in der Bibliothek getroffen. Sie sieht hervorragend aus, hat ganz kurze Haare und einen neuen schwarzen Hut, den sie zu dem alten grauen Ziegenbockpelz trägt (den hat sie vor vier Jahren gekauft, er ist sehr dünn, die Ärmel sind schon ganz abgewetzt). Sie zieht sich sehr leicht an: Ein schwarzer Pulli auf der nackten Haut, kein Schal, Ohren und Hals völlig frei – ihr ist die ganze Zeit heiß. Die Glückliche! Und ich friere ständig. Sie schläft nur in einem dünnen Hemdchen, bei ihnen zu Hause ist es ja auch immer warm. Die Haare färbt sie sich mit Henna, die Farbe wirkt auf dem Kopf sehr grell. Kurz, sie sieht aus wie eine echte polnische Dame – ihre Mutter Ingeborg Adamowna Meier war halb Polin und halb Deutsche, deswegen ist sie so grausam, zynisch und voll des Eigenlobs. Zwei Tage später hat sie dann unerwartet abends angerufen und uns mitgeteilt, dass sie vorbeikommt, um Zeitungen zu holen, denn ein Maler wird Saschas Zimmer tapezieren. Papa und ich schafften es nicht einmal, Zeitungen zusammenzusuchen. Sie war höchst unzufrieden, wir würden ihr zu wenig geben – sie verzog das Gesicht zu einer verächtlichen und bösen Visage. Sogar Papa hat gesagt: »Ein richtig echtes Aas!« In dem Hangar auf der Pionerskaja hat sie sich eine leichte schwarze Lederjacke mit Kapuze, Fellbesatz und Bommeln gekauft (so eine wie Lena Lipko hat, nur die hat eine grünliche, wie ein Gespenst). Ich habe die Jacke an ihr gesehen, am Rücken ist sie allerdings ein bisschen knapp, und das Wichtigste: an der Hüfte rutscht alles nach oben, denn der Popo sitzt bei ihr eher oben, am Rücken (bei mir unten) – sie hat eine edle Figur und blaues Blut.

Unser Putin ist jetzt sehr präsent. Ich zeige dir später etwas aus der Zeitung über ihn – ein glatter Typ! Aus irgendeinem Grund gefällt er Frauen im Balzacschen Alter. Die Sorina hat sogar von ihm geträumt, dass sie seine Frau ist und dass sie durch den Kreml spazieren. Und plötzlich ein Sniper im Gebüsch. Putin reißt sie zur Seite – da klingelt Sorinas Wecker zur Arbeit. Also ist ungewiss, wie alles ausgegangen ist – bleibt er am Leben oder nicht?

Ich weiß nicht, ob ich dir von meinem Bein geschrieben habe. Es war so, dass ich mich erkältet hatte und wieder eine Wundrose bekam, nicht groß, aber trotzdem war der Zustand unangenehm. Wir riefen bei Dora Solowjowa an, Dora hatte nämlich schon vor fast einem Jahr versprochen, mir die Nummer von dieser Tante zu geben, von dieser Heilerin Natalja Nikitina, sie ist so um die 50, aber nie kam es dazu, dass sie mir die Telefonnummer gab, entweder vergaß sie es oder sonst was kam dazwischen. Schließlich fuhr ich zu ihr – nach ihrer Erklärung verstand ich gar nicht, wohin und wie ich von der Troizki Brücke aus gehen soll; es stellte sich heraus, dass ich das kulturwissenschaftliche Institut mit dem Nord-West-Institut verwechselt hatte. Sie wunderte sich, dass ich mich im Zentrum nicht auskenne, aber ich war doch schon sehr lange nicht mehr dort, 1983 das letzte Mal (als Papa seine Habilitationsurkunde überreicht bekam, im Haus der Wissenschaftler). Da fehlen einem doch die Worte! Im Endeffekt muss man also die Uferstraße an der Newa entlang, die Fontanka überqueren (in der Ferne erfreut sich das Auge am Ingenieurschloss), bis zur Furmanow Straße. Das wäre alles in Ordnung, aber der 46er-Bus ist eine Zumutung, aus irgendeinem Grund ein völlig heruntergekommenes,

altes Modell aus den sechziger Jahren! Auf den anderen Strecken fahren überall ungarische Ikarusse, und hier setzen sie bei einer so langen Strecke (bis zum Taurischen Garten) so einen Winzling ein. Es fahren doch auch viele Studenten mit diesem Bus.

Kurz, das Haus ist alt, eine Missgeburt, lauter Lager und Büros im Hof, kein Griff an der Haustür, den Haupteingang (ohne Codeschloss) haben die Arbeiter dort zur öffentlichen Toilette gemacht. Der Wohnungseingang ist interessant, wie eine Hintertreppe, als hätten dort die Dienstmädchen gewohnt – du gehst rein und bist sofort in der Küche, dort zieht man sich den Mantel aus, direkt neben den Töpfen auf dem Herd. Eine Zweizimmerwohnung, das eine Zimmer 35 m^2, das andere 12 m^2 groß. Bad und Toilette sind zusammen in einem sehr langen und schmalen Raum. Und immer noch sind die Leute versessen aufs Zentrum! Anja müsste solch eine Wohnung und ein Haus malen – das Bild würde sofort gekauft! In der Küche

stehen zwei Tische, auf dem einen sitzt der schwarze Kater Basik (sieht meinem Wassja ähnlich), auf dem zweiten geruht er zu essen – dort stehen die Näpfe. Manchmal weigert er sich zu essen und veranstaltet dann nachts Radau – fliegt durchs große Zimmer, wirft Vasen und Schälchen der Bewohnerin hinunter, wofür er dann geschlagen wird. Dort spaziert auch eine hübsche Hündin namens Delia herum (ein Colli, alt, sie ist 12). Zunächst, als ich zum ersten Mal kam, bellte sie, aber dann nicht mehr, offensichtlich hat sie mich wiedererkannt. Beim dritten Mal entschied sie, als ich mir gerade den Mantel anzog, aus irgendeinem Grund, mit mir hinauszugehen, aber N. N. gab ihr einen Klaps. Nette Kerlchen!

In der Wohnung schlendert noch ein gewisser Felix herum (ich habe nicht kapiert, ob das ihr Mann ist oder ihr Vater). Unklar ist, wie alt er ist. Sie ließ einmal den Satz fallen: »Sehen Sie mal, das ist unser Papachen.« Redet ihn aber aus irgendeinem Grund mit Vornamen an. Ohne zu grüßen läuft er herum, wie in einer virtuellen Welt. Als ich das erste Mal kam, sagte sie, dass morgen der 40. Tag nach dem Tod ihrer Mutter sei, weswegen sie nicht nach Moskau gefahren ist, um einen Vortrag zu halten. Ich hätte also Glück, dass sie jetzt da ist (so ihre Worte). Sie sagte, sie habe zehn Diplome, zwei Hochschulabschlüsse (Flugzeugtechnik und Handel) und eine Ausbildung als Krankenschwester. In ihrer Familie stecken die übersinnlichen Kräfte in der weiblichen Linie, und das Talent wird nur an die älteste Tochter vererbt, aber sie war die jüngste, deswegen wurde sie nicht ausgebildet. Aber an dem Tag, als ihre Tante starb, erwachte sie plötzlich in einem neuen Zustand (wie und woran dieser sich zeigte, sagte sie mir nicht). Danach interessierte man sich im Moskauer Zentrum für paranormale Erscheinungen für sie, und dann begann sie Vorträge zu halten und in andere Städte zu fahren. Sie sagte, sie arbeite mit Ärzten zusammen, und sogar niedergelassene Chirurgen schicken Patienten zu ihr, um Wundrosen und Leistenbrüche besprechen zu lassen. Für eine Sitzung nimmt sie 100 Rubel, die dauert 25 Minuten. Als ich kam, reinigte sie meine Aura – das war die erste Sitzung. Dann fuhr ich drei Tage hintereinander zu ihr – sie sprach ein Gebet und eine Beschwörungsformel (leise vor sich hin und sehr schnell), dabei sprach sie zwischendurch über ein anderes Thema und erklärte, dass sie das Gebet durch sich hindurchfließen lässt. Dann fuhr ich eine Woche später wieder zu ihr, und sie machte dasselbe noch einmal. Kurz, es kostete uns 500 bis 600 Rubel. Dann sagte sie, jetzt könnten wir das zu Hause selber in zwei bis vier

Wochen wiederholen. Papa versprach es, behauptete dann aber schließlich doch, dass er das nicht kann. Ich hatte schon eine Woche verloren, da bat ich sie noch einmal, zu ihr kommen zu dürfen (ich sagte, dass Papa auf Dienstreise gefahren sei).

Gemein, dass ausgerechnet in den Tagen davor kein Schnee war. Nach dem Anruf fiel dann Schnee und es war kalt, –9 Grad. Ich bin in ein Unwetter geraten, als ich mich zu ihr aufmachte. Es lag viel nasser Schnee, meine Stiefel sind undicht, und letzten Endes habe ich mich schwer erkältet, Gliederschmerzen habe ich immer noch. Sehr schade, dass wegen Papa alles so unglücklich gelaufen ist (wie ich mir schon dachte). Der Weg dorthin ist ein Albtraum, manchmal braucht man sogar zwei Stunden, wenn alles gut geht, eine Stunde. Also soll Papa ruhig 300 Rubel bereitlegen, wenn er es eben nicht kann. Der Spruch muss vom Papier abgelesen werden, und beide Beine müssen gleichzeitig bekreuzigt werden, denn die Rose kann überspringen. Die Heilerin sagte, im Gesicht ist es besonders furchtbar. Viele verschiedene Leute kommen zu ihr, und sie »reinigt« danach die Wohnung, sonst dringen Krankheiten ein. Nach den Sitzungen bei ihr bin ich irgendwie ruhig, sogar beim Schlangestehen schimpfe ich nicht. Ich wollte ja sofort wieder zu ihr. Gott gebe, dass das hilft. Aber Dora Solowjowa sagte, dass sie »Wunder vollbringt«. Papa glaubt das auch, deswegen tut es ihm nicht Leid um das Geld, obwohl er jetzt wenig verdient.

Kürzlich haben wir Papas ehemaligen Kollegen aus dem Institut gesehen. Er erzählte, wie froh er ist, dass er einen Computer gekauft hat. Er hört damit sogar klassische CDs und schreibt sich mit Freunden E-Mails. Sponsoren haben ihm geholfen.

Also zu diesem Kollegen – er hat Papa geraten, sich um den Titel des Ehrenmitarbeiters der Wissenschaften zu bemühen. Der Kollege hatte den Titel nach drei Monaten über Moskau erhalten, mit Unterschrift des Ministers – aus Moskau war die Bitte gekommen, doch Leningrader Konfekt zu schicken. Er kaufte eine lausige kleine Schachtel. Er sagte zu Papa, er solle genau so eine Schachtel kaufen. Aber ich habe Papa überredet, eine sehr schöne zu kaufen, für 140 Rubel, eine große himmelblaue. Oben schwebt ein goldener Engel, überdies in der Mitte ein Blick von oben auf die Stadt Leningrad: das Winterpalais, zwei Brücken, an der Seite Bäume. Ach wie schön! Papa schleppte die Schachtel zum Prorektor, sogar der war ganz verblüfft und sagte, dass die wirklich schick sei. In Moskau waren sie wohl sehr zufrieden damit – sie haben Papa innerhalb von drei Wochen die Papiere fertig gemacht! Ich hatte Recht, man muss die dort eben mit Pralinen kaufen, und noch dazu mit einem Engel.

Papa beginnt zu schimpfen, dass ich dir zu viel geschrieben habe, nach dem Motto, Vera hat gesagt, schickt doch einen Brief und sei er auch nur kurz. Dann hätte ich ihn schon lange fertig, aber so schreibe ich und schreibe ich – ich muss zum Ende kommen. Also entschuldige den Unsinn im Text (wie Papa es nennt). Vielleicht ist das ja auch für euch, auf eurem Berliner Niveau, alles nur russischer Provinzkram, aber was ist, das ist. Ich küsse dich, Mama.